肖复兴

著

我的有趣在无聊的日子里

江苏凤凰文艺出版社
JIANGSU PHOENIX LITERATURE AND
ART PUBLISHING

图书在版编目（CIP）数据

我的有趣在无聊的日子里 / 肖复兴著. —— 南京：江苏
凤凰文艺出版社，2023.4
ISBN 978-7-5594-7346-2

Ⅰ.①我… Ⅱ.①肖… Ⅲ.①散文集 – 中国 – 当代
Ⅳ.①I267

中国版本图书馆CIP数据核字(2022)第227671号

我的有趣在无聊的日子里

肖复兴 著

责任编辑　张　倩
图书监制　马利敏　孙文霞
策划编辑　李　辉　陈阿猫
封面设计　末末美书
封面插画　阿竹 uzoo
版式设计　姜　楠
出版发行　江苏凤凰文艺出版社
　　　　　南京市中央路 165 号，邮编：210009
网　　址　http://www.jswenyi.com
印　　刷　唐山富达印务有限公司
开　　本　880 毫米 × 1230 毫米　1/32
印　　张　10
字　　数　185 千字
版　　次　2023 年 4 月第 1 版
印　　次　2023 年 4 月第 1 次印刷
书　　号　ISBN 978-7-5594-7346-2
定　　价　59.80 元

目录

第一章

岁月如风，旧事如梦

第二章

人来人往，勿失勿忘

第三章

囷于市井，而向山海

第四章

见已读书，如逢故人

第五章

有得有失，才是人生

第六章

阳光温暖，岁月悠然

第一章

岁月如风，旧事如梦

等那一束光

　　老顾是我的中学同学，又一起插队到北大荒，一起回北京当老师，生活和命运轨迹基本相同。不同的是，他喜欢浪迹天涯，喜欢摄影，在北大荒时，他就想有一台照相机，背着它，就像猎人背着猎枪，没有缰绳和笼头的野马一样到处游逛。他攒钱买照相机，成了那时的梦。

　　如今，照相机早不在话下，专业成套的摄影器材，以及各种户外设备包括衣服鞋子和帐篷，应有尽有。退休之前，又早早买下一辆四轮驱动的越野车，连越野轮胎都已经备好。万事俱备，只欠东风，只要退休令一下，立刻动身去西藏。这是这些年早就盘算好的计划，成了他一个新的梦。

　　他就是这样一个人，我说他总是活在梦中，而不是现实中，便总事与愿违。现实是，他在单位当一把手，因为后任总难以到位，过了退休年龄三年了，还不让他退。他不是恋栈的人，这让他非常地难受，这三年他任劳任怨。终于，今年春节过后，让他退休了。这时候，我们北大荒老知青要编一本回忆录，请他写写自己的青春回忆，他婉言拒绝，说他不愿意回头看，只想往前走，他现在要做的事不是怀旧，而是摩拳擦掌准备夏天去西藏。等到夏天，他开着他的越野车，一猛子去了西藏，扬蹄似风，如愿以偿。

终于来到了他梦想中的阿里，看见了古格王朝遗址。这个七百年前就消失的王朝，如今只剩下了依山而建的土黄色古堡的断壁残垣，立在那里，无语诉沧桑般和他对视，仿佛辨认着彼此前生今世的因缘。正是黄昏，高原的风有些料峭，古堡背后的雪山模糊不清，主要是天上的云太厚，遮挡住了落日的光芒。凭着他摄影的经验和眼光，如果能有一束光透过云层，打在古堡最上层的那一座倾圮残败的宫殿顶端，在四周一片暗色古堡的映衬下，将会是一幅绝妙的摄影作品。他禁不住抬起头来望了望，发现那不是宫殿，而是一座寺庙，在白色、青色和铅灰色的云彩下，显得几分幽深莫测，分外神秘。这增加了他的渴望。

他等候云层破开，有一束落日的光照射在寺庙的顶上。可惜，那一束光总是不愿意出现。像等待戈多一样，他站在那里空等了许久。天色渐渐暗下来，他只好开着车离开了，但是，开出了二十多分钟，总觉得那一束光在身后追着他，刺着他，恋人一般不舍他，鬼使神差，他忍不住掉头把车又开了回来。他觉得那一束光应该出现，他不该错过。果然，那一束光好像故意在和他捉迷藏一样，就在他离开不久时出现了，灿烂地挥洒在整座古堡的上面。他赶回来的时候，云层正在收敛，那一束光像是正在收进潘多拉的瓶口。他大喜过望，赶紧跳下车，端起相机，对准那束光，连拍了两张，等他要拍第三张的时候，那束光肃穆而迅速地消失了，如同舞台上大幕闭合，风停雨住，音乐声戛然而止。

往返整整一万公里，他回到北京，让我看他拍摄的那一束光照射在古格城堡寺庙顶上的照片，第二张，那束光不多不少，正好集中打在了寺庙的尖顶上，由于四周已经沉淀一片幽暗，那束光分外灿烂，不是常见的火红色、橘黄色或琥珀色，而是如同藏传佛教经幡里常见的那种金色，像是一束天光在那里明亮地燃烧，又像是一颗心脏在那里温暖地跳跃。

不知怎么，我想起了音乐家海顿，晚年时他听自己创作的歌剧《创世纪》，听到"天上要有星光"那一段时，他蓦地从座位上站起来，指着上天情不自禁地叫道："光就是从那里来的！"在一个越发物化的世界，各种资讯焦虑和欲望膨胀，搅拌得心绪焦灼的现实面前，保持青春时分拥有的一份梦想，和一份相对的神清思澈，如海顿和我的同学老顾一样，还能够看到那一束光，并为此愿意等候那一束光，是幸福的，令人羡慕的。

2011 年 11 月 2 日于北京

| 年轻时应该去远方

寒假的时候，儿子从美国发来一封电子邮件，告诉我利用这个假期，他要开车从他所在的北方出发到南方去，并画出了一共要穿越十一个州的路线图。出发后的第三天，他在得克萨斯州的首府奥斯汀打来电话，兴奋地对我说这里有写过《最后一片叶子》的作家欧·亨利的博物馆，而在昨天经过孟菲斯城时，他参谒了摇滚歌星猫王的故居。

我羡慕他，也支持他，年轻时就应该去远方去漂泊。漂泊，会让他见识到他没有见到过的东西，让他的人生半径像水一样蔓延得更宽更远。

我想起有一年初春的深夜，我独自一人在西柏林火车站等候换乘的火车，寂静的站台上只有寥落的几个候车的人，其中一个像是中国人，我走过去一问，果然是，他是来接人的。我们闲谈起来，知道了他是从天津大学毕业到这里学电子的留学生。他说了这样的一句话，虽然已经过去了十多年，我依然记忆犹新："我刚到柏林的时候，兜里只剩下了十美元。"就是怀揣着仅仅的十美元，他也敢于出来闯荡，我猜想得到他为此所付出的代价，异国他乡，举目无亲，餐风露宿，漂泊是他的命运，也成为他的性格。

我也想起我自己，比儿子还要小的年纪，驱车北上，跑到了北大荒。自然吃了不少的苦，北大荒的"大烟泡儿"一刮，就先给我了一个下马威，天寒地冻，路远心迷，仿佛已经到了天外，漂泊的心如同断线的风筝，不知会飘落在哪里。但是，它让我见识到了那么多的痛苦与残酷的同时，也让我触摸到了那么多美好的乡情与故人，而这一切不仅谱就了我当初青春的谱线，也成为我今天难忘的回忆。

没错，年轻时心不安分，不知天高地厚，想入非非，把远方想象得那样好，才敢于外出漂泊。而漂泊不是旅游，肯定是要付出代价的，品尝人生的一些滋味，也绝不是如同冬天坐在暖烘烘的星巴克里啜饮咖啡。但是，也只有年轻时才有可能去漂泊。漂泊，需要勇气，也需要年轻的身体和想象力，如此便收获了只有在年轻时才能够拥有的收获，以及以后你年老时的回忆。人的一生，如果真的有什么事情叫作无愧无悔的话，在我看来，就是你的童年有游戏的欢乐，你的青春有漂泊的经历，你的老年有难忘的回忆。

一辈子总是待在舒适的温室里，再是宝鼎香浮，锦衣玉食，也会弱不禁风，消化不良的；一辈子总是离不开家的一步之遥，再是严父慈母、娇妻美妾，也会目光短浅，膝软面薄的。青春时节，更不应该让自己的心锚一样过早地沉入窄小而琐碎的泥沼里，沉船一样跌倒在温柔之乡，在网络的虚拟中和在甜蜜蜜的小巢中，酿造自己龙须面一样细腻而细长的日子，消耗着自己的生命，让自己未老先衰变成了一只蜗牛，只能够在雨后的瞬间从沉重的躯壳里探出头来，望一眼灰蒙蒙的天空，便以为天空只是那样地大，那样地脏兮兮。

青春，就应该像是春天里的蒲公英，即使力气单薄、个头又小，还没有能力长出飞天的翅膀，借着风力也要吹向远方；哪怕是飘落在你所不知道的地方，也要去闯一闯未开垦的处女地。这样，你才会知道世界不再只是一扇好看的玻璃窗，你才会看见眼前不再只是一堵堵心的墙。你也才能够品味出，日子不再只是白日里没完没了的堵车、夜晚时没完没了的电视剧和家里不断升级的鸡吵鹅叫、单位里波澜不惊的明争暗斗。

意大利人尽皆知的探险家马可·波罗，十七岁就曾经随其父亲和叔叔远行到小亚细亚，二十一岁独自一人游历整个中国。英国著名的航海家库克船长，二十一岁在北海的航程中第一次实现了他野心勃勃的漂泊梦。奥地利的音乐家舒伯特，二十岁那年离开家乡，开始了他维也纳的贫寒的艺术漂泊。我国的徐霞客，二十二岁开始了他历尽艰险的漂泊，行万里路，读万卷书……当然，我还可以举出如今被称为"北漂一族"——那些生活在北京农村简陋住所的人，也都是在年轻的时候开始了他们的最初的漂泊。年轻，就是漂泊的资本，是漂泊的通行证，是漂泊的护身符。而漂泊，则是年轻的梦的张扬，是年轻的心的开放，是年轻的处女作的书写。因此，哪怕那漂泊是如同舒伯特的《冬之旅》一样，茫茫一片，天地悠悠，前无来路，后无归途，铺就着未曾料到的艰辛与磨难，也是值得去尝试一下的。

我想起泰戈尔在《新月集》里写过的诗句："只要他肯把他的船借给我，我就给它安装一百只桨，扬起五个或六个或七个布帆来。我决不把它驾驶到愚蠢的市场上去……我将带我的朋友阿细和我做伴。我们要快快乐乐地航行于仙人世界里的七个大海和十三条河道。我将在绝早的晨光里张帆航行。中午，你正在池塘洗澡的时候，我们将在一个陌生的国王的国土上了。"那么，就把自己放逐一次吧，就借来别人的船张帆出发吧，就别到愚蠢的市场去，而先去漂泊远航吧。只有年轻时去远方漂泊，才会拥有这样充满泰戈尔童话般的经历和收获，那不仅是他书写在心灵中的诗句，也是你镌刻在生命里的年轮。

2004 年年初于北京

喝得很慢的土豆汤

那天下午两点多，我和妻子路过北大，因为还没有吃午饭，忽然想起儿子曾经特意带我们去过的一家朝鲜小馆，就在附近。离北大的西门不远，一拐弯儿就到，便进了这家朝鲜小馆。

大概由于早过了饭点儿，小馆里没有一个客人，空荡荡的，只有风扇寂寞地、呼呼地吹着。一个服务员，是个胖乎乎的小姑娘走了过来，把我们领到靠窗的风扇前的座位，说这里凉快，然后递过菜谱问我们吃点儿什么。我想起上次儿子带我们来，点了一个土豆汤，非常好吃，很浓的汤，却很润滑细腻，微辣中有一种特殊的清香味儿，湿润的艾草似的撩人胃口。不过已经过去了两个多月的时间，我忘记是用鸡块炖的，还是用牛肉炖的了，便对妻子嘀咕："你还记得吗？"妻子也忘记了。儿子在北大读书的时候，常常和同学到这家小馆里吃饭。由于是二十四小时营业，价格和朝鲜风味又都特别对他们的口味，非常受他们的欢迎，他们对这里的菜当然比我们要熟悉。大学毕业，儿子去美国读研，放假回来，和同学聚会，总还要跑到这里，点他们最爱吃的菜。可惜，儿子假期已满，又回美国接着读书去了，天远地远，没法子问他了。

没有想到，小姑娘这时对我们说道："上次你们是不是和你们的儿子一起来的，就坐在里面那个位子？"她说着一口比赵本山还浓郁的东北话，用胖乎乎的小手指了指里面靠墙的位子。

我和妻子都惊住了。她居然记得这样清楚，那时，我们和儿子确实就坐在那里。

我更没有想到的是，她接着用一种很肯定的口气对我们说："那次你们要的是鸡块炖土豆汤。"

这样的肯定，让我心里相信了她，不过，开玩笑地对她说："你就这么肯定？"

她笑了："没错，你们要的就是鸡块炖土豆汤。"

我也笑了："那就要鸡块炖土豆汤。"

她望望我和妻子，像考试成绩不错得到了赞扬似的，高声向后厨报着菜名："鸡块炖土豆汤！"然后高兴地风摆柳枝般走去。

刚才和小姑娘的对话，让我和妻子在那一瞬间都想起了儿子。

思念，一下子变得那么近，近得可触可摸，就在只隔几排座位的那个位子上，走过去，一伸手，就能够抓到。两个多月前，儿子要离开我们回美国读书的时候，特意带我们到这家小馆，让我们尝尝他和他的同学的青春滋味。那一次，他特别向我们推荐了这个鸡块炖土豆汤，他说他和他们同学都特别爱喝，每次来都点这个土豆汤，让我们一定要尝尝。因为儿子临行前的时间安排得很满，我和妻子知道，那一次，也是他和我们的告别宴。所以那一次的土豆汤，我们喝得格外慢，边聊边喝，临行密密缝一般，彼此嘱咐着，诉说着没完没了的话，一直从中午喝到了黄昏，一锅汤让服务员续了几次，又热了几次。许多的味道，浓浓的，都搅拌在那土豆汤里了。

不过，事情已经过去了两个多月，我都忘记了到底喝的什么土豆汤了，这个胖乎乎的小姑娘居然还能够如此清楚地记得我们喝的是鸡块炖土豆汤，而且记得我们坐的具体位置，真让我有些奇怪。小馆二十四小时营业，一直热闹非常，来来往往那么多的客人，点的那么多不同品种的菜和汤，她怎么就能够一下子记住了我们，而且准确无误地判断出那就是我们的儿子，同时记住了我们要的是什么样的土豆汤？这确实让我好奇，百思不解。

汤上来了，鸡块炖土豆汤，浓浓的，热气缭绕，清香味扑鼻，抿了一小口，两个多月前的味道和情景立刻又回到了眼前，熟悉而亲切，仿佛儿子就坐在面前。

"是吧，是这个土豆汤吧？"小姑娘望着我，笑着问我。

"是，就是这个汤。"

然后，我问小姑娘："你怎么记得我们当初要的是这个汤？"

她笑笑望望我和妻子，没有说话，转身走去。

那一天下午的土豆汤，我们喝得很慢。

结完账，临走的时候，小姑娘早早地等候在门口，为我们撩起珠子串起的门帘，向我们道了声"再见"。我心里的谜团没有解开，刚才一边喝着汤一边还在琢磨，小姑娘怎么就能够那么清楚地记得我们和儿子那次到这里来吃饭坐的位置和要的土豆汤？总觉得一定是有原因的。那么，是什么原因呢？是因为那一次我们的土豆汤喝得太慢，麻烦让她来回热了好几次，让她记住了？还是因为来这家小馆的大多是附近年轻的大学生，一下子出现我们这样大年纪的客人，显得格外扎眼？我不大甘心，出门前再一次问她："小姑娘，你是怎么就能记住我们要的是鸡块炖土豆汤的呢？"

她还是那样抿着嘴微微地笑着，没有回答。

我只好夸奖她："你真是好记性！"

　　一路上，我和妻子都一直嘀咕着这个小姑娘和对于我们有些奇怪的土豆汤。星期天，和儿子通电话时，我对他讲起了这件事，他也非常好奇，一个劲儿直问我："这太有意思了，你没问问她到底是怎么回事吗？"我告诉他："我问了，小姑娘光是笑，不回答我为什么呀。"

　　被人记住，总是一件让人高兴的事，不过，对于我们一家三口，这确实是一个谜。也许，人生本来就有许多解不开的谜，让生活充满着迷离的想象，让人和人之间有着神奇的交流，让庸常的日子有了温馨的念想和悬念。

　　又过去了好几个月，树叶都渐渐地黄了，天都渐渐地冷了。那天下午，还是两点多钟，我去中关村办事，那家小馆，那个小姑娘，和那锅鸡块炖土豆汤，立刻又从沉睡中苏醒过来似的，闯进我的心头。离着不远，干吗不去那里再喝一喝鸡块炖土豆汤？便一拐弯儿，又进了那家小馆。

　　因为不是饭点儿，小馆里依然很清静，不过，里面已经有了客人，一男一女正面对面坐着吃饭，蒸腾的热气弥漫在他们的头顶。见我进门，一个小伙子迎上前来，让我坐下，递给我菜谱。我正奇怪，服务员怎么换成男的，那个小姑娘哪里去了？扭头看见了那一对面对面坐在那里吃饭的人中的那个女的，就是那个胖乎乎的小姑娘，对面坐着的是一个年龄大约四五十岁的男人，看那模样长得和小姑娘很像，不用说，一定是她的父亲。她也看见了我，向我笑笑，算是打了招呼。

我要的还是鸡块炖土豆汤。因为炖汤要有一些时间，我走过去和小姑娘聊天，看见他们父女俩要的也是鸡块炖土豆汤。我笑了，她也笑了，那笑中含有的意思，只有我们两人明白，她的父亲看着有些蹊跷。

我问："这位是你父亲？"

她点点头，有些兴奋地说："刚刚从我老家来。我都和我爸爸好几年没有见了。"

"想你爸爸了！"

她笑了，她的父亲也很憨厚地笑着，望望我，又望望女儿。

难得的父女相见，我能想象得出，一定是女儿跑到北京打工好几年了，终于有了父女见面的机会，是难得的。我不想打搅他们，走回自己的座位，要了一瓶啤酒，静静地等我的土豆汤。我的心里充满着感动，我忽然明白了，这个小姑娘当初为什么一下子就记住了我们和儿子，记住了我们要的土豆汤。人同此情，情同此理，没有比亲人之间分别的思念和相逢的欢欣，更能够让人感动和难忘的了。亲情，在那一刻流淌着，洇湿了所有的时间和空间的距离。

土豆汤上来了，抬头一看，我没有想到，是小姑娘为我端上来的。我还没有责怪她怎么不陪父亲，她已经看出了我的意思，先对我说："我们店里的人手少，老板让我和我爸爸一起吃饭，已经是很不错了。" 和上次她像个扎嘴的葫芦大不一样，小姑娘的话明显地多了起来。说罢，她转身走去，走到他父亲的旁边，从袅娜的背影，也能看出她的快乐。

那一个下午，我的土豆汤喝得很慢。我看见，小姑娘和她的爸爸那一锅土豆汤喝得也很慢。

｜ 上一碗米饭的时间

入冬后北京最冷的那天晚上，我在一家小饭馆里。家里的人都出了远门，没有饭辙儿，要不我是不会在这么冷的天跑出来到这里吃晚饭的。正是饭点儿，小饭馆里顾客盈门，只剩下靠门口的一张桌子空着，虽然只要一开门，冷风就会乘机呼呼而入，别无选择，我只好坐在了那儿。

服务员是位模样儿俊俏的小个子姑娘，拿着个小本子，笑吟吟地站在我的面前，一口外地口音问我："您吃点儿什么？"我要了三两茴香馅的饺子和一盆西红柿牛腩锅仔。很快，饺子和锅仔都上了来，热气腾腾的，扑面撩人，呼啸寒风便都挡在了窗外。

埋头吃得热乎乎的，觉得忽然有一股冷风吹来，抬头一看，一位老头已经走到我的桌前，也是别无选择地坐了下来。在我的对面坐下来之后，大概看见我正在望着他，老头冲我笑了笑，那笑有些僵硬，不大自然。也许，是为自己一身油渍麻花的破棉袄感到有些羞涩，和这一饭馆衣着光鲜的红男绿女对应得不大谐调。我看不出他有多大年纪，或许还没有我大，只是胡子拉碴的显得有些苍老。我猜想他可能是位农民工，或者刚刚来到北京找活儿的外乡人。

他坐在那里，半天也没见服务员过来，便没话找话地和我搭话，指指饺子，问我饺子怎么卖。我告诉他一两三块钱吧。他立刻应了声："这么贵！"这时候，那个小个子姑娘拿着小本子走了过来，走到老头的身边，问道："你吃什么？"老头望了望她，多少有点儿犹豫，最后说："我要一碗米饭。"姑娘弯下头在小本子上记下来，又抬起头问："还要什么？"老头说："就一碗米饭！"姑娘有些奇怪："不再要点儿什么菜？"老头这回毫不犹豫地说："一碗米饭就够了。"然后补充句，"要不麻烦你再给我倒碗开水！"姑娘不耐烦了，一转身冲我眉毛一挑，撇了撇嘴，风摆柳枝般走了。

过了好长时间，也没见姑娘把一碗米饭端上来，更不要说那一碗开水了。在这样一个特别重视利润的行业，人们的眼睛都容易长到眉毛上面，很多饭馆都会这样，不会把只要一碗米饭的顾客放在心上，更何况是一个衣衫褴褛的老头，在他们眼里几乎是乞丐一样呢。姑娘来回走了几次，大概早忘了这一碗米饭。

我悄悄地望了一眼对面的老头，看得出来，老头有些心急，也有些尴尬，又不知道如何是好，如坐针毡。

我很想把盘子里的饺子让给老头先垫补一下，但把剩下小半盘的饺子给人家吃，总显得不那么礼貌，有些居高临下，就像电影《青春之歌》里的余永泽打发要饭的似的。那锅仔我还没有动，可以先让他喝几口，但一想饭还没吃，先让人家喝汤，恐怕也不合适，而且也容易被老头拒绝。

因此，当姑娘又向这边走来的时候，我远远地冲她招招手，她走了过来，老头看见了她，张着嘴动了动，一定是想问她："我那一碗米饭呢？"但如今的小姑娘哪一个好惹？为了避免尴尬，我先把话抢了过来，对她说："姑娘，你给我上碗米饭！"话音刚落，怕她同样嫌弃我也只要一碗米饭，便又加了句："再来三两饺子。"姑娘在小本子上记了下来，转身走了。我冲着她的背影喊了句："快点儿呀！"她头没有回，扬扬手中的小本说道："行哩！"

老头望了望姑娘走去的背影，又望了望我，什么话都没有说，似乎是想看看，同样一碗米饭，到底谁的先上来。一下子，让我忽然感觉偌大的饭馆里，仿佛主角只剩下了老头、姑娘和我三个人，三个人彼此的心思颠簸着，纠结着，一时无语，却有着不少潜台词。

我望了望老头，也没有说话。我是想等这一碗米饭和三两饺子上来，一起给老头。谁家都有老人，谁都有老的时候，谁都有饿的时候，谁都有钱紧甚至是一分钱让尿憋死的时候。老头垂下头，不再看我。我埋下头来，吃那小半盘的剩饺子，也不敢再望他，我不知道此刻他在想什么，但生怕我的目光总落在他的身上会让他觉得尴尬。

很快，也就是那小半盘剩饺子快要吃完的工夫，只听姑娘一声喊：您的米饭和饺子来了，便把一碗米饭和三两热腾腾的饺子端在我的桌子上，同时也把老头的那一碗米饭端在桌上。可是，抬头的时候，我和姑娘都发现，对面的老头已经消失在寒风中。

少年护城河

在我童年住的大院里，我和大华曾经是"死对头"。原因其实很简单，大华倒霉就倒霉在他是个"私生子"，他一直跟着他小姑过，但谁都没有见过他爸爸，他自己也没见过。这一点，是公开的秘密，全院里的大人孩子都知道。

当时，学校里流行唱一首叫《我是一个黑孩子》的歌，其中有这样一句歌词："我是一个黑孩子，我的家在黑非洲。"我给改了词儿："我是一个黑孩子，我的家不知在何处……"这里黑孩子的"黑"，不是黑人的"黑"，而是找不着主儿即"私生子"的意思，我故意唱给大华听，很快就传开了，全院的孩子见到大华，都齐声唱这句词。现在想想，小孩子的是非好恶，就是这样简单，又是这样偏颇，真是欺负人家大华。

大华比我高两年级，那时上小学五年级，长得很壮，论打架，我是打不过他的。之所以敢这样有恃无恐地欺负他，是因为他的小姑脾气很烈，管他很严，如果知道他在外面和哪个孩子打架了，不问青红皂白，总是要让他先从他家的胆瓶里取出鸡毛掸子，然后，撅着屁股，结结实实挨一顿揍。

我和大华唯一一次动手打架，是在一天放学之后。因为被老师留下训话，出校门时天已经黑了。从学校到我们大院，要经过一条胡同，胡同里有一块刻着"泰山石敢当"的大石碑。由于胡同里没有路灯，漆黑一片，经过那块石碑的时候，突然从后面蹿出一个人影，饿虎扑食一般，就把我按倒在地上，然后，一通拳头如雨，打得我鼻肿眼青，鼻子流出了血。等我从地上爬起来，人影早没有了。但我知道除了大华，不会有别人。

我们两人之间的"仇"，因为一句歌词，也因为这一场架，算是打上了一个"死结"。从那以后，我们彼此再也不说话，即使迎面走过，也像不认识一样，擦肩而过。

没有想到，第二年，也就是大华小学毕业升入中学那一年夏天，我的母亲突然去世了。父亲回老家沧县给我找了个"后妈"。一下子，全院的形势发生了逆转，原来跟着我一起冲着大华唱"我是一个黑孩子，我的家不知在何处"的孩子们，开始齐刷刷地对我唱起他们新改编的歌谣："小白菜呀，地里黄哟；有个孩子，没有娘哟……"

我发现，唯一没有对我唱这个歌的，竟然是大华。这一发现，让我有些吃惊，想起一年多前，我带着一帮孩子，冲着他大唱"我是一个黑孩子，我的家不知在何处"，心里有些愧疚，觉得那时候太不懂事，太对不起他。

我很想和他说话，不提过去的事，只是聊聊乒乓球，说说刚刚夺得世界冠军的庄则栋就好。好几次，碰到一起了，却还是开不了口。再次擦肩而过的时候，我看见他的眉毛往上挑了挑，嘴唇动了动，我猜得出，他也开不了这口。或许，只要我们两人谁先开口，一下子就冰释前嫌了。小时候，自尊的脸皮，就是那样的薄。

一直到我上了中学，和他一所学校，参加了学校的游泳队，一周有两次训练，由于他比我高两年级，老师指派他教我总也学不规范的仰泳动作，我们才第一次开口说话。这一说话，就像开了闸的水，止不住地往下流，从当时的游泳健将穆祥雄，到毛主席畅游长江。过去那点儿过节，就像沙子被水冲得无影无踪，我们一下子成了无话不说的好朋友。童年的心思，有时窄小如韭菜叶，有时又是这样没心没肺，把什么都抛到脑后。只是，我们都小心翼翼的，谁也不去碰过去的事，谁也不去提"私生子"或"后妈"这令人厌烦的词眼儿。

大华上高一那年春天，他的小姑突然病故，他的生母从山西赶来，要带着他回山西。那天放学回家，刚看见他的生母，他扭头就跑，一直跑到护城河边。那时，穿过北深沟胡同就到了护城河，很近的道。他的生母，还有大院好多人都跑了过去，却只看见河边上大华的书包和一双"白力士鞋"，不见他的人影。大家沿河喊他的名字，一直喊到了晚上，也没有见他的人影。街坊们劝大华的生母，兴许孩子早回家了，你也回去吧。大华的生母回家了，但还是没见大华的人影。大华的生母一下子就哭了起来，大家也都以为大华是投河自尽了。

我不信。我知道大华的水性很好，他要是真的想不开，也不会选择投水。夜里，我一个人又跑到护城河边，河水很平静，没有一点儿波纹。我在河边站了很久，突然，我憋足了一口气，双手在嘴边围成一个喇叭，冲着河水大喊了一声："大华！"没有任何反应。我又喊了第二声："大华！"只有我自己的回声。心里悄悄想，事不过三，我再喊一声，大华，你可一定得出来呀！我第三声大华落了地，依然没有回应，一下子透心凉，我一屁股坐在地上，再也忍不住哇哇地哭了。

就在这时候，河水有了"哗哗"的响声，一个人影已经游到了河中心，笔直地向我游来。我一眼看出来，是大华！

我知道，我们的友情，从这时候才是真正的开始。一直到现在，只要我们彼此谁有点儿什么事情，不用开口，就像真的有什么心灵感应，有仙人指路一样，保证对方会在第一时间出现在面前。别人都会觉得过于神奇，我们两人都相信，这不是什么神奇，是真实的存在。这个真实就是友情。罗曼·罗兰曾经讲过，人的一辈子不会有那么多所谓的朋友，但真正的朋友，一个就足够。

超重

那天上午在机场送人，飞往法兰克福、伦敦、罗马和巴黎的航班，密集的雨点似的挤在一起。大概正赶上暑假结束，大学开学在即，到处可以看到推着装有大行李箱的推车的学生们，送行的父母特别多。候机厅里，家庭的气息一下子很浓，像是客厅，相似的面孔不停地在眼前晃动。

不时有孩子进了里面去办理登机手续，家长只能够站在候机厅里等，儿行千里母担忧，他们都伸长了脖子，把望眼欲穿的心情付与人头攒动的前方。不时便又看见有孩子匆匆地从里面走了出来，给家长一个渴望中的喜悦。不过，我发现，匆匆出来的孩子大多并不是为了和送行的父母再一次告别，也很少见到有依依不舍的场面，那样的场面，似乎只留给了情人之间的拥抱和牵手。

站在我身边的是一位面容姣好的中年妇女，凉鞋露出的脚趾涂着鲜艳的豆蔻，这样风韵犹存的女人，在我们的电视剧里一般还要在男人怀里撒娇呢。现在，她像是只温顺的猫，眼神有些茫然。不一会儿，我看见一个大小伙子推着行李车，气冲冲地向她走来，没好气地对她嚷嚷道："都是你，让我带，带！都超重啦！"只听见她问："超了多少？"语气小心，好像过错都在自己的小媳妇。"十公斤！"只有儿子对母亲才会这样肆无忌惮。听口音，是南方人。

于是，我看见母亲开始弯腰蹲了下来，把捆箱子的行李带解开，打开箱子。那是一大一小赭黄色的两个名牌箱。儿子也蹲下来，和母亲一起翻箱里面东西，首先翻出的是两袋洗衣粉，儿子气哼哼地嘟囔着："这也带！"然后又翻出一袋糖，儿子又气哼哼地嘟囔一句："这也带！"接着把好几铁盒的茶叶都翻了出来："什么都带！"母亲什么话都没说，看儿子天女散花似的把好多东西都翻了出来，面前像是摆起了地摊。最后，儿子把许多衣服和一个枕头也扔了出来，紧接着下手往箱底伸了，只听见母亲叫了声："被子呀，你也不带了！"

我有些看不过去，走了两步，冲那个一直气哼哼嘴噘得能挂个瓶子的儿子说："十公斤差不多了，你东西都不带，到了那儿怎么办？"儿子不再扔东西了，母亲站了起来，一脸忧郁，本来化得很好的妆，因出汗而坍塌显出些许的斑纹。"先去试试再说。"我接着对那个儿子说。他开始收拾箱子，母亲则把茶叶都从铁盒里掏出来，又塞进箱里。儿子推着行李车走了，我问那位母亲孩子去哪里，她告诉我去英国读书。她脚下的那些东西都散落着，稀泥似的摊了一地。

这时，我身旁另一侧，又有一个女孩推着车走到她的父母身边，几乎和那个男孩一样气哼哼的表情，把车使劲一推，推到她父亲的脚前，说了句："严重超重！"父亲和刚才这位母亲一样，立刻蹲下身子，替女儿打开行李箱，我一看，箱子里几乎全是吃的东西，而且全是麻辣的食品，不用说，来自四川。左翻翻，右翻翻，父亲权衡着取出什么好，女儿站在那里，用手扇着风，摸着脸上的汗，说着："这都是我想带的呀！"这让父亲为难了，倒是母亲在旁边发话了："把那些腊肠都拿出来吧，那玩意儿占分量。"父亲拿出了好几袋腊肠，又拿出好几管牙膏、一大罐营养品和几件棉衣，再盖箱子的时候，鼓囊囊的箱子像撒了气的气球似的，瘪下去一大块。女儿风摆柳枝般推着车走了，我悄悄地问母亲这是去哪儿，是去法国读书。

独生子女的一代，理所当然地觉得可以把一切不满和埋怨都发泄给父母。养儿方知父母恩，他们还没到明白父母心的年龄。他们可以埋怨父母的娇惯和期待超重，却永远不该埋怨父母对自己的情感超重。

｜ 机场的拥抱

在南京机场候机回北京，来得很早，时间充裕，坐在候机大厅无所事事，看人来人往。到底是南京，比北京要暖，离立夏还有多日，姑娘们都已经迫不及待地穿上短裙和凉鞋了。坐在我对面的女人，看年纪有三十多岁了，也像个小姑娘一样，穿着一件齐膝短裙了，在和节气，也在和年龄赛跑。

来了一对年老的夫妇，坐在我的身边的空座位上。听他们一口纯正的北京话，就知道是老北京人。他们说话的声音有些大，显然是丈夫的耳朵有些背了，年龄不饶人。但看他们的年龄，其实也就七十上下，并不太大。听他们讲话，是在苏州、无锡、镇江转了一圈，从南京乘飞机回北京。

忽然，我发现他们的声音变得小了下来。这样小的声音，妻子听得见，丈夫却听不清楚了。但是，妻子依然压低了嗓音在说话，只不过嘴巴尽量贴在了丈夫的耳边。我隐隐约约地听见的话，是"真像""太像了"。他们反复说了几遍，不尽的感叹都在里面了。

声音可以压低，像把皮球压进水底，目光却把心思泄露出来。顺着这对老夫妇的目光，我发现目光如鸟一样，双双都落在对面坐的这个女人的身上。

我才仔细地看了看这个女人，发现她的黑色短裙和天蓝色长袖T恤，还有脚上的一双白色耐克运动鞋，很搭。还有她的清汤挂面的齐耳短发，也很搭。当然，和她清秀的身材更搭。很像一位运动员。刚才只看到她的短裙，其实，短裙并不适合所有的女人。在她的身上，短裙却画龙点睛，让一双长腿格外秀美。

很像，这个女人很像谁呢？我心里便猜，大概是像这对老夫妇的女儿了吧？天底下，能够遇到很相像的一对人的概率，并不高。刚看完电视剧《酷爸俏妈》，都说里面的演员高露长得极像高圆圆。这个女人，一定让这对老夫妇想起了自己的什么亲人。否则，他们不会这样悄悄地议论，声音很低，却有些动情。能够让人动情的，不是自己的亲人，又会是谁呢？

我看见，妻子忽然掩嘴"扑哧"一笑，丈夫跟着也笑了起来。我猜想，笑肯定和对面这个女人有关，只是并没有惊动这个女人，她依然跷着秀美的腿，在看手机，嘴角弯弯的也在笑，但她的笑和这对老夫妇无关，大概是手机上的微信或朋友圈有了什么好玩的段子或信息。

"要不你去跟她说一下？""你去说吧，我一个老头子，怪不好意思的……"我听见老夫妇的对话，看着妻子站起身来，回过头冲着丈夫说了句："什么事都是让我冲锋在前头！"便走到对面的女人的身前，说了句："姑娘，打搅你一下！"那女人放下手机，很礼貌地立刻站起来，问道："阿姨，您有什么事吗？""是这样的，你长得特别像我们的女儿。"说着，妻子打开自己的手机给这个女人看，大概是找自己的女儿的照片，这个女人禁不住叫了起来："实在是太像了！怎么能这样像呢！"我忍不住看了一眼身边的这位丈夫，一直笑吟吟地望着这女人。

"我们想和你一起照张相，不知道可不可以？"妻子客气地说。"太可以了！待会儿我还得请您把您女儿的照片发我手机上呢！"

丈夫站了起来，走到这个女人的身边，妻子冲我说道："麻烦你帮我们照张相！"把手机递在我的手中。我没有看到手机上的照片，不知道他们的女儿和他们身边的这个女人到底有多像，但从他们的交谈中知道女儿十多年前去美国留学，毕业后留在美国工作，工作忙，孩子又刚读小学离不开人，已经有五年没有回家了。思念，让身边的这个女人像女儿的指数又平添了分值。

照完了相，我把手机递给了妻子的时候，听见丈夫对这个女人说了句："孩子，我能抱你一下吗？"女人伸出双臂紧紧地拥抱住了他。我看见，他的眼角淌出了泪花。我没有想到的是，那一刻，这个女人也流出了眼泪。

┃ 青木瓜之味

大约是四年前初春的一个星期天下午，我去邮局发信。邮局离我家不远，过了马路，走两三分钟就到了。就在要到邮局的时候，一个年轻的女子和我擦肩而过。忽然，她停住脚步，回头看了我一眼，那眼神很亲近，也有些意外的惊奇，仿佛认出了一个熟人而与之意外相逢。那眼神闹得我以为真碰见了什么熟人，便也禁不住停住脚步，看了她一眼：年龄不大，也就二十出头，模样清爽，中等身材，瘦瘦的。看她的装扮，初春时节还穿着一件臃肿的棉衣，就猜得出是一个外地人，大概是打工妹。我仔细地想了想，从来没有见过这么个人，她肯定是认错人了。于是，我暗笑自己的自作多情，向邮局走去。

我走了没几步，她从后面跑了过来，跑到我的面前。这让我很吃惊，不知碰见了什么人。只听见她用南方人那种绵软的声音仔细而小心翼翼地问我："你是不是肖复兴老师？"我越发惊讶，她居然叫出了我的名字，我木讷地站在那里，近乎机械地点了点头。

她一下子显得很兴奋，接着说："刚才你迎面向我走来，我看着你就像。我读中学的时候就看过你写的书，你和书上的照片很像。真没有想到怎么这么巧，今天在这里遇见了你！"

原来是一位读者，大概她这番热情的话，很能够满足我的虚荣心，尤其是听她说她喜欢我写的一些东西，特别是说她读中学的时候读我写的东西对她有帮助，一直忘不了……我就像小学生爱听表扬似的，立刻有些发晕，找不着北了，站在街头和她聊了起来，一任身边车水马龙，喧嚣不已。

从她那话语中，我渐渐地听明白了，她从小在南方农村长大，中学毕业，她没有考上大学，家里生活困难，就跟着乡亲来到了北京打工。她住的地方离我家不算太远，要走半个小时左右，今天星期天休息，她是刚刚到邮局给家里寄钱，并发一封平安家信。虽是萍水相逢，只是些家常话，却让我感到她是在掏心窝子，一下子竟有些感动，没有想到只是写了一些平常的东西，却能够让心拉近，距离缩短，心里想也应该说是如今没有什么用处的文学的一点特殊功能吧。于是，我进一步犯晕，沿着斜坡继续顺溜下滑，不知对她的热情如何回报似的，竟然指着对面我家住的楼对她说："我家就住在那里，你有空，欢迎你到我家做客。"说着把地址写给了她。她高兴地说："太好了，我一定去。"

回到家后，我就把这件意外相逢的事情当作喜帖子，向家里的人讲了，不想立刻遭到全家一盆冷水浇头，纷纷说我："你以为你遇到知己呢，别是个骗子吧？""可不是，现在骗子可多着呢。你可别忘了狐狸说几句赞扬的话，是为了骗乌鸦嘴里的肉。""什么？你把咱家的地址告诉人家了？你傻不傻呀，你就等着人家上门找你头上来骗你吧！""要真是找上门来，骗几个钱倒没什么，可别出别的事。"……

一下子，说得我发蒙，一再回忆街头和那个年轻女子的相遇和交谈，不像是个狐狸似的骗子啊。再说，她肯定是读过我写的书，要不也说不出书名，并且能够对照着书上的照片认出我来呀。但家里的人说得也没有错，谁也不会把骗子两个字写在脑门上，高明的骗子现在越来越多，防不胜防。这么一想，心里连连后悔，而且不禁有些发虚，嘲笑自己如此可笑，禁不住两碗迷魂汤一灌，就如此轻信上当，真是百无一用是书生。一连多天，都有些提心吊胆，怕房门真被敲响，开门一看，是这个年轻的女子登门拜访，后果不可收拾，不堪设想。

好在一连几天过去了，都平安无事。

时间一长，这件事情渐渐淡忘了，偶尔提起，被家人当作笑话嘲笑我一番。

　　将近一年过去了，春节过后，我们全家从天津孩子的姥姥家过完年回家，刚上电梯，开电梯的老太太对我说："你先等我一会儿，前两天有人来找你，你没在家，把带来的东西放在我这里了。"开电梯的老太太是个热心人，住在楼里的人要是不在家，来人送的信件、报纸或其他的东西，都放在她这里。她家就住在楼下，不一会儿，就拿来一包用废纸包着的东西。回家打开一看，是两个青青的木瓜。木瓜的旁边有一张小纸条，上面写着两行字，大概意思是：你还记得吗？我就是那天在邮局前和你相遇的人。我一直想来看你，工作太忙了，一直没时间。我过年回家带给你两个木瓜，是我家自己种的，只是一点心意，祝你写出更多更好的作品。下面没有写下她的名字，只是写着：一个你的读者。

　　全家都愣在那里，谁都说不出一句话来。

　　我永远也不会忘记这个年轻而真诚的女子，不会忘记这件事情，不会忘记这两个木瓜。总记得切开木瓜时的样子，别看皮那样青，里面却是红红的，格外鲜艳，特别是那独有的清香味道，在房间里飘荡着，好多天没散去。

2004 年元旦试笔于北京

笔下犹能有花开

秋末冬初，天坛里那排白色的藤萝架，上边的叶子已经落得差不多了。想起春末，一架紫藤花盛开，在风中像翩翩飞舞的紫蝴蝶——还是季节厉害，很快就将人和花雕塑成另外一种模样。

没事的时候，我爱到这里来画画。这里人来人往，坐在藤萝架下，以静观动，能看到不同的人，想象着他们不同的性情和人生。我画画不入流，属于自娱自乐，拿的是一本旧杂志和一支破毛笔，倒也可以随心所欲、笔随意驰。

那天，我看到我的斜对面坐着一位老太太，个子很高，体量很壮，头戴一顶棒球帽，还是歪戴着，很俏皮的样子。她穿着一件男式西装，不大合身，有点儿肥大。我猜想那帽子肯定是孩子淘汰下来的，西装不是孩子的，就是她家老头儿穿剩下的。老人一般都会这样节省、将就。她身前放着一辆婴儿车，车的样式，得是几十年前的了，或许还是她初当奶奶或姥姥时推过的婴儿车呢。如今的婴儿车已经"废物利用",变成了她行走的拐杖。车上面放着一个水杯,还有一块厚厚的棉垫,大概是她在天坛里遛弯儿,如果累了,就拿它当坐垫吧。

老太太长得很精神,眉眼俊朗,我们相对藤萝架,只有几步距离,彼此看得很清楚。我注意观察她,她也时不时地瞄我两眼。我不懂那目光里包含什么意思,是好奇,是不屑,还是不以为然?正是中午时分,太阳很暖,透过藤萝残存的叶子,斑斑点点洒落在老太太身上,老太太垂下脑袋,不知在想什么,也没准儿是打瞌睡呢。

我画完了老太太的一幅速写像,站起来走,路过她身边时,老太太抬起头问了我一句:"刚才是不是在画我呢?"我像小孩爬上树偷摘枣吃,刚下得树来要走,看见树的主人站在树底下等着我那样,有些束手就擒的感觉。我很尴尬,赶紧坦白:"是画您呢。"然后打开旧杂志递给她看,等待她的评判。她扫了一眼画,便把杂志还给我,没有说一句我画的她到底像还是不像,只说了句:"我也会画画。"这话说得有点儿孩子气,有点儿不服气,特别像小时候体育课上跳高或跳远,我跳过去了或跳出来的那个高度或远度,另一个同学歪着脑袋说:"我也能跳。"

我赶紧把那本旧杂志递给她,对她说:"您给我画一个。"她接过杂志,又接过笔,说:"我没文化,也没人教过我,我也不画你画的人，我就爱画花。"我指着杂志对她说："那您就给我画个花，就在这上面，随便画。"她拧开笔帽，对我说："我不会使这种毛笔，我都是拿铅笔画。"我说："没事的，您随便画就好！"

架不住我一再请求，老太太开始画了。她很快就画出一朵牡丹花，还有两片叶子。每个花瓣都画得很仔细，手一点儿不抖，我连连夸她："您画得真好！"她把杂志和笔还给我，说："好什么呀！不成样子了。以前，我和你一样，也爱到这里画画。我家就住在金鱼池，天天都到天坛来。"我说："您就够棒的了，都多大年纪了呀！"然后我问她有多大年纪了，她反问我："你猜。"我说："我看您没准八十岁。"她笑了，伸出手冲我比画："八十八啦！"

八十八岁了，还能画这么漂亮的花，真让人羡慕。我不知道我还能不能活到老太太这岁数，能活到这岁数的人，身体是一方面原因，心情是另一方面原因。这么一把年纪了，心中未与年俱老，笔下犹能有花开，这样的老人并不多。

那天下午，阳光特别暖。回家路上，总想起老太太和她画的那朵牡丹花，忍不住好几次翻开那本旧杂志来看，心里想：如果我能活到老太太这岁数，也能画出这么漂亮的花来吗？

美丽的手语

我第一次发现手语竟那么的美，是看中国残疾人艺术团的演出。那些聋哑的男孩女孩，站在舞台上，英姿飒爽，是那样的漂亮。尽管他们说不出一句话来，那无限丰富的表情与表达，却都倾诉在他们手指间的变化之中。他们的手指带动着整个手臂舞动着，是那样的充满韵律。我想起风中的树林，那一排排树木摇曳多姿的枝条，和尽情摇摆着的树叶，只有它们像是他们美丽的手语。

还有就是麦尔民（M.Nermin），是一位漂亮的土耳其中年女人，她站在这些可爱孩子旁边，用手语为孩子们报幕。她的手语，也是那样的漂亮，婀娜多姿，灵舞轻扬，和聋哑孩子们相得益彰，像是此起彼伏的浪花，彼此呼应着，富于律动。

那是在伊斯坦布尔。

也许，是我的见识有限，在此之前，我从来没有见过手语竟然也可以这样的漂亮迷人，是他们把手语化为了艺术。

第二天晚上演出前，在餐厅里，我意外见到了麦尔民。她端着餐盘正好坐在我的旁边，便聊了起来。我知道了她是土耳其国家电视台手语节目的主持人，在土耳其非常有名，类似我们的敬一丹。她告诉我，在九岁之前，她一直以为手语就是人的唯一语言，因为那时在远离伊斯坦布尔的农村，她和她的父母生活在一起，她的父母是聋哑人，她从小和父母学的手语，靠的就是手语来和外界联系，并认知世界。中学毕业后，她没有上大学，直接参加了工作，她希望用自己的手语为聋哑人服务。二十五岁的那一年，她发现电视中没有专门的手语节目。她希望填补这个空白，便给电视台的台长发去一份传真。结果是杳无回音，但是，她没有灰心，每周准时发去一份传真，一发发了五年，五年始终没有回音。她知道可能是石沉大海，却也相信能够水滴石穿。再发，依然是每周一份传真，一直发到心诚则灵石头开花，一直发到电视台来了一位新台长，感动并同意了她执着的想法。她成了土耳其国家电视台第一位也是唯一一位手语节目的主持人。

她告诉我她在电视台整整干了十年。她又对我说在土耳其有三百万聋哑人，也就是说不到二十人里就有一个是聋哑人。她要做的就是让这个喧嚣的世界不要忘记他们，而给予他们更多的关爱。这时，她的手机响了，接过手机之后，她匆忙地站起身来，对我说：

"真抱歉，我的妈妈来了，在剧场门口等我。"她的妈妈是专门来看今晚的演出的。

我和她一起走出餐厅，急急地向剧场走去。我很想看看她的聋哑妈妈是什么样子的。她远远地就看见了她的妈妈，跑了过去，那是一个慈祥的胖老太太，我想年轻的时候和她一样的漂亮吧？我站在旁边，看她们母女俩用手语交谈着，大概是在介绍我，一个不期而遇的中国朋友。在迷离的灯光下，她们的手语像波浪一样起伏着，像树枝一样摇曳着，无声而温馨，真的很美。如果在此之前说人的手指和手臂也如脸上的笑靥和眼睛里的笑意一样动人，我是不大相信的，但现在我不仅相信了，而且觉得手语真是在丰富着人类的表情与语言，甚至相信我们现代的舞蹈语汇肯定从手语中汲取过营养，否则肢体语言不能够与聋哑人的手语有那样的相似和延伸。她说在土耳其有三百万聋哑人，我不知道在我们中国有多少聋哑人，我只知道在我们中国没有一个如她一样主持的聋哑人的专门节目，我们的手语主持人只能在越来越大的电视屏幕上偏于一隅。

最后一场演出结束的时候，我看见麦尔民走下舞台，远远地和台上的聋哑孩子们招手，打着手语，相互致意，迟迟不肯分离。在聋哑人之间，手语成了不用翻译的国际语言，能够迅速地沟通并温暖着陌生而遥远的心。虽然，麦尔民和那些聋哑孩子的手语我什么也看不懂，但他们彼此之间会心会意，即使隔着再远的距离，那美丽的手语也如同轻盈的鸟一样，能够迅速地从那个枝头飞落在这个枝头，衔接起彼此的情意。那是有声的语言无法比拟的。

2003 年 5 月 28 日于北京

客厅里的鲜花

　　朋友丹晨夫妇在美国新买了一套单体别墅，靠近普林斯顿老镇，临达拉维尔河，我笑着打趣说是亲水豪宅呢。她也笑了，说是二手房，上下两层，小巧玲珑，特别是花园，不是面积奢华的那种，但收拾得花是花、草是草的，错落有致，四周一圈柏树，中间几株雪松，靠餐厅落地窗的一面，特意种了一株修剪得矮小的五叶枫，两侧栽的是书带草和玉簪。朋友一看就喜欢上了，本来已经订下了另外一套别墅，且交付了订金，却喜新厌旧地当场决定退掉那套，选择了这一套。

　　这一套的房主是一对退休的白人老夫妇。在美国，老年人大多不跟子女一起居住，他们的房子，一般是越住越小，因为退休收入减少，也因为体力减弱，收拾房间和花园已经力不可支，便卖掉大房子，搬进老年公寓，拿到卖掉房子的那一笔钱，舒舒服服，手头宽裕地安度晚年了。

拿到钥匙的那一天，朋友约我和其他几位朋友一起看房子。花径缘客扫，先看见花园收拾得干干净净，草坪上新剪的草，剪草机留下的整齐痕迹很明显。走进房间，已经四壁一空，家具都搬走了，但墙壁、地毯、楼梯、壁灯、落地窗和白纱窗帘，都还显得簇新，真想象不出这是住了十多年的老房子。

我对丹晨说："这对老夫妇还真不错，临搬走之前，把这里收拾得干干净净。"丹晨说："这对老夫妇和这套房子很有感情，他们对我们说，你们搬进来一定要好好爱护。特别是这个小花园，从一开始的设计到后来的维护，有这对老夫妇这十多年太多的心思。"

更让我没有想到的是，丹晨指给我看，客厅吧台上摆着一个瓷花瓶，花瓶里插着几枝天蓝色的绣球花和几枝金黄色的太阳菊，四围还点缀着几簇各种颜色的我叫不出名字的小花。丹晨告诉我，这花瓶和鲜花，都是主人留下的，显然是在搬走的这一天特意买来的。丹晨说上午他们来交接房子拿钥匙的时候，一对老人还在忙着把最后几个大箱子搬上卡车。但他们没有忘记买一瓶鲜花，留给新主人。

那一刻，那一瓶鲜花，在空荡荡的客厅里显得格外醒目，漂亮鲜艳得如同雷诺阿笔下的鲜花。

花瓶旁边，立着一张精美的对折贺卡。我拿起来一看，上面密密麻麻地写满了钢笔字，这张贺卡，竟然也是原来的主人留下来的。丹晨大声地对我说："念一念，上面都写着什么？"我说："是在考我吗？"我英语拙劣，但贺卡上的这些字大致还认得，大意是：房间的新主人，今天你们就搬进了这个新家，希望你们能够喜欢它，也希望你们在这里度过你们一生中美好的时光，让这里伴随你们一直到老，到生命的尽头。我大声地念了起来，回声轻轻地在挑高客厅回荡着。看得出，一起来看新房的人，都有些感动了。

那一刻，我的心头也忽然一热，同样为这对老夫妇感动。

丹晨的老公这时候从厨房的壁橱里拿来一瓶香槟和几只玻璃杯，跑进客厅高兴地叫了起来："快来开香槟，咱们来庆祝庆祝乔迁之喜。"香槟的泡沫如雪花一样从瓶口喷涌出来的时候，我才知道，这香槟和玻璃杯也是这对老夫妇特意留下来的。

| 芝加哥奇遇

我觉得，那应该算是一次奇遇。

那天，去芝加哥交响乐团音乐大厅听他们演奏海顿的大提琴音乐会，在芝加哥大学前的海德公园那站赶公共汽车，紧赶慢赶，还是眼瞅着车门旁若无人般"砰"的一声关上，车屁股冒出一股白烟跑走了。只好等下一辆，心里多少有些懊恼。就在这时候，慢悠悠地走过来一位老太太，满头银发，身板挺括，精神矍铄。我没有想到，接下来是音乐会演出之前，老天特意为我加演的一支序曲。我应该感到庆幸没有赶上那辆车，否则，将和这位老太太失之交臂，便也没有了这次奇遇。

等车的只有我和老太太，闲来无事，便和老太太聊起天，偏巧老太太也是爱说的人，一起打发漫长的等车时间。老太太是德国人，一开始和丈夫在爱沙尼亚工作。"二战"之后，爱沙尼亚被苏联占领，一直到 1952 年，她和丈夫才有机会离开那里，来到美国。丈夫研究生物学，在芝加哥大学当教授，后来又当了系主任。老太太便落地生根一般，一直住在了芝加哥，再没有动窝。

一边听着，心里一边暗暗算着，老太太得有多大年纪了。从来芝加哥到现在就已经过去了五十八年，再加上在爱沙尼亚工作的时间，起码有八十多岁了。可看老太太的样子，哪里像呀。八十多岁的老太太，谁还敢再挤公共汽车？尽管一般不问外国女人的年龄，我心里的疑问还是忍不住出了口，老太太的回答让我叹为观止，老天，她竟然整整九十岁了，这简直有点儿像是老树成精了。

她看出来我的惊讶，连说"我是 1920 年生人"，天真地证明着自己，绝对没有错。我忙说没想到您的身体保养得这样好。她笑着摆摆手说，不是保养，是常常听音乐会的结果。

原来，我们是同道，都是去听芝加哥交响乐团的海顿大提琴音乐会。一下子，涌出同是天涯爱乐人，相逢何必曾相识的感觉。心里一个劲儿地想，这个世界上还有几个九十岁的老太太，能够有如此的兴致，身板如此硬朗，大老远地挤公共汽车去听一场音乐会？不敢说是绝无仅有的奇迹，也实在是难得一遇的奇遇。

车一直没有来，让我们多了一些交谈的机会。我知道了，老太太一生中最大的爱好就是音乐，芝加哥交响乐团是陪伴她半个世纪的朋友，从库贝利克到索尔蒂到巴伦博依姆，几任指挥走马灯一样轮换，她对乐团却葵花向阳一般始终如一，每年在它的演出季里挑选自己钟爱的音乐会，挤公共汽车去听，是她这些年的坚持。听到这里，我对老太太肃然起敬，无论什么事情，能够坚持这么长时间，就都不是一件简单的事情了。许多的经历，一次两次，也许说明不了什么问题，但坚持下来，放在人生的长河里，能随着时间一直流淌至今，即使穿不起一串珍珠，也穿起了属于自己最珍贵的记忆。尤其到了老太太这样的年纪，人和人之间显现出来的差别，不在于地位、房产或儿孙的荣耀，除了身体，最主要的就是能够拥有属于自己的回忆，这是一笔无人企及的最大财富。

不过，老太太也有属于自己的遗憾，那就是丈夫的工作忙，这辈子没有陪她听过一次音乐会。如今，丈夫早已经先她而去，她依然坚持自己一个人去听音乐会。她对我说，丈夫虽然没法陪她听音乐会，但一直都特别高兴她去听音乐会，每一次去听完音乐会回到家里的时候，丈夫总会听她讲讲音乐会的情景，便也和她一起分享了美妙的音乐，这成了最难忘的时光。本来说好的，丈夫要陪她听一次音乐会的，票都提前订好了，丈夫却住进了医院，再也没有起来。

"是莫扎特。"老太太没有告诉我是哪年的事情，只告诉我听的是莫扎特的音乐，话音里并没有什么特别的哀伤，核桃皮一样皱纹覆盖的眼睛里闪着亮光，那里面也许更多的是回忆和怀念吧。我猜想，在没有丈夫的日子里，听音乐会不仅成了老太太爱乐的一种习惯，也成了她和丈夫相会的一种方式。

　　车来了，我要搀扶她，她却很硬朗地一个人上了车。这一晚的音乐会，是我听过的音乐会中最奇特的一次。因为有了老太太奇特的年龄和奇特的经历的加入，就像在乐谱里加入了奇特的配器，在乐队里加入了奇特的乐器一样，让海顿的大提琴多了一层与众不同的音符。特别是觉得低沉的大提琴，那么像一位饱经沧桑却又保持一腔幽怀的老人。

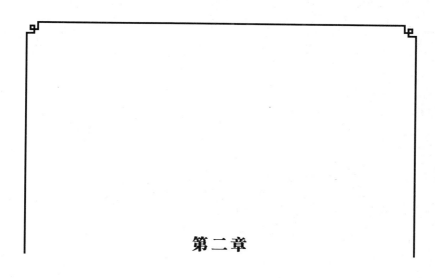

第二章

人来人往，勿失勿忘

长啸一声归去矣

如今的黎里显得有些寂寞。其实，它和同里同属苏州的吴江，都是千年古镇，但在二十多公里以外的同里太出名了，压住了黎里的声名。不过，话又说回来了，压也是压不住的，因为在黎里有柳亚子故居，同里是没有的。

就是因为柳亚子故居，赶在大雨前，我来到黎里，首先看到的是一条长长的河，据说有三里长。和同里蜿蜒的河汊相比，黎里的河笔直如线，古镇大小院落都依次错落在这条河的两边。南宋以来，北方人大量南迁，一直到明清两代，造就了黎里的繁荣，河的两岸由集市逐渐发展为门市，河取名为市河，其中"市"字就是集市、生意兴隆的意思。柳亚子故居就坐落在市河的岸边。几经战乱和饥馑，它没有被毁，算是万幸。新中国成立以后，这里成了古镇的银行，无形中保护了它，如果陆续住进人家，人口拥挤，烟熏火燎，就会和北京城里的许多名人故居一样，被糟蹋得无以收拾了。常有人说，与国外的石头结构的建筑比较，我国的建筑是砖木结构，不好保存，看这座已经有二百余年历史的柳亚子故居，说明不是不好保存，而关键在于是否保护。

如今，看门庭轩豁，前有市河，旁有备弄，后有走马堂楼，纵深近百米，很是气派。六进的院落，建造在一个小镇上，真的了不起。这里的人告诉我，这不算稀奇，黎里还有九进的院落呢。可见当初这里的繁华。看故居里柳亚子生平的介绍，看到 20 世纪 20 年代，柳亚子参与的国民党第二次苏州代表大会，就是在黎里召开的，就可以看出当初黎里地位的不同寻常。当初，柳亚子和陈去病创办南社，是到同里喝茶议事的，同里现在还存有南园茶楼。但要正式开大会，还得到黎里。

这里是乾隆年间直隶总督、工部尚书周元理的老宅，一座 18 世纪的老房子。柳亚子十二岁那年，他家以三千大洋典租了这幢占地两千六百多平方米共有一百零一间房间总建筑面积两千八百多平方米的豪宅。所谓典租，是说十一年后周家如果拿不出三千大洋赎宅，这房子就归柳家了。算一算，一平方米一块大洋，现在看来是非常便宜了，不知道那时算不算贵。不过柳家和周家都属于大户，如此老宅的易主，可以看出朝代更迭和世事沧桑中，古诗里"棋罢不知人换世"的味道吧。如果不是面临着一场即将到来的翻天覆地的大革命，如果不是一腔爱国情怀的风云激荡，少年时代的柳亚子，也许和我们今天的"富二代"没什么两样。

就是住进这里的第二年，小小年纪的柳亚子写出了《上清帝光绪万言书》。这样明目张胆的反清言论，当时是可以满门抄斩的。但这篇万言书可以看出"少年心事当拿云"，奠定了柳亚子一生的走向。

这座柳亚子故居，让黎里提气，让市河有了它的倒影而流光溢彩。周家当年老匾"赐福堂"，虽然木朽纹裂，斑驳脱落，依然还端坐在地上，让逝去的历史有了看得见摸得着的物证。如今的大门内外厅的门楣之上，分别悬挂的是屈武先生题写的"柳亚子故居"和廖承志先生题写的"柳亚子先生故居"的匾额。当年，廖先生因叛徒出卖在上海被捕入狱，是柳亚子奔走营救才得以出狱，两人之间情分非同寻常。

大厅两侧，分别有柳亚子和毛泽东《沁园春》的唱和词，那曾经是柳亚子引以为骄傲的事情，也是如我这样一般人得以知道柳亚子的源头。也有周家当年请书画家董其昌临摹颜真卿的《赠裴将军》的中堂。可谓新旧杂陈，将年代打乱，错综一起，乱花迷眼，让人在历史中逡巡，引为遐想的空间。

其中最惹我眼目的是厅堂中的一副隶书对联："古来画师非俗士，此间风物属诗人。"这是当年此地号称"诗、书、画三绝"的陈众孚老先生送给少年柳亚子的，一老一少的往来，可见当初柳亚子不凡，才会赢得老先生这样的赞赏。据说当年就悬挂在这里，如今依然毫发未损，还悬挂在那里。好的文字比人活得年头长。

展览中，还看到柳亚子名字的来历，以前没有听说过。父亲给他起的名叫慰高，字安如。他在上海读书的时候，信奉卢梭的天赋人权论，便把自己的名字改为柳人权，字亚卢，意思是亚洲的卢梭。柳亚子那时也是一个热血青年，而青年膨胀的血液几乎轨迹是相同的。当时，同为南社的高天梅，常和柳亚子有唱诗往来，便对他说，你这个亚卢的卢字（指繁体盧）笔画多难写；再说，亚和卢都是大的意思，合在一起也不伦不类；不如叫亚子吧。子者，男子之美称也！柳亚子便这样叫开了，要说实在是比柳慰高和柳人权、柳亚卢要好听！一个人的成功和成名，名字真的隐含着某种命运的密码呢。

当然，最值得看的是后院，庭院深深，幽静异常，楼下柳亚子的书房"磨剑室"不让游人走进，只能凭栏观看。"磨剑"，自是用"十年磨一剑，霜刃未曾试"的唐诗之意，和他取名"人权""亚卢"相呼应，书生意气，挥斥方遒，小小书斋，已经容不下他的心事浩茫了。当年这里藏有黎里最多的藏书，新中国成立后，他将这些书全部捐献给了上海图书馆。据说，那时，书籍有四万四千多册，打了三百余包，运往上海的阵势是浩浩荡荡的。

　　引起我兴趣，还有挂在墙上的一副对联：青兕身后辛弃疾，红牙今世柳屯田。这是当年南社社员傅钝根指书赠予柳亚子的，以宋代两位不同风格的词人辛弃疾和柳永比拟他，可谓知音。据说，柳亚子很是喜欢，一直把这副对联挂在书房里。我想，那肯定不是自负地为了比附，而是心中的一种追求和向往。

　　走马堂楼上地板凹凸，本来阴雨前光线就晦涩，透过镂空的雕花窗棂，就更加阴晦不定。走在上面，让人真有种时光倒流的感觉，一步跌入前朝。二楼是柳亚子一家的起居室，现在看看，每间都不宽敞。他的三个孩子柳无忌、柳无非、柳无垢都是出生在这里的。1927 年蒋介石"四一二大屠杀"，把柳亚子列入黑名单，半夜派兵来抓人，柳亚子就是藏在卧室边的复壁里才逃过一劫。躲在狭窄的复壁里，他老先生还写诗呢：曾无富贵娱杨恽，偏有文章杀祢衡，长啸一声归去矣，世间竖子竟成名。我以前读柳亚子的诗，觉得他特别爱用典，几乎每首诗都有典故，有的不大好懂。生命攸关时刻，老先生还在用祢衡和杨恽这两个摇笔杆子的典故呢，要说柳亚子真真的单纯得可爱可敬。这样的劲头儿，大概只属于那一辈文人，如今的文人，只有汗颜的份儿了。

　　这一夜趁着天不亮的时候，他换上一身渔民的衣服，雇了一艘破渔船，偷偷地离开了家。小船摇了三天三夜，才摇到上海。这一年，他整整四十岁，在这里，他生活了二十九年。

走出柳亚子故居，云彩压得很低，雨就要来了。市河的水有些晦暗，老桥在风中似乎隐隐在动。想想，八十二年前，柳亚子就是从这条河离开家的。他再也没有回到过这里。禁不住想起他的那句有名的诗"安得南征驰捷报，分湖便是子陵滩"，有些百感交集。分湖便在这里不远，指的就是这里，他的家乡。也许，只有站在他的故居前，吟诵这句诗，才会别有一番滋味上心头吧？

2009 年岁末于北京

那片绿绿的爬山虎

1963 年，我上初三，写了一篇作文叫《一张画像》，经我的语文老师推荐，在北京市少年儿童征文比赛中获了奖。

一天，语文老师拿着一个厚厚的大本子对我说："你的作文要印成书了，你知道是谁替你修改的吗？"我睁大了眼睛，有些莫名其妙。"是叶圣陶先生！"老师将那大本子递给我，又说："你看看叶老先生修改得多么仔细，你可以从中学到不少东西。"

我打开本子一看，里面有这次征文比赛获奖的二十篇作文。翻到我的那篇作文，我一下子愣住了：映入眼帘的是红色的修改符号和改动后增添的小字，密密麻麻，几页纸上到处是红色的圈、钩或直线、曲线。

回到家，我仔细看了几遍叶老先生对我作文的修改。题目《一张画像》改成《一幅画像》，我立刻感到用字的准确性。类似这样的修改很多，长句断成短句的地方也不少。有一处，我记得十分清楚："怎么你把包几何课本的书皮去掉了呢？"叶老先生改成："怎么你把几何课本的包书纸去掉了呢？"删掉原句中"包"这个动词，使得句子干净了也规范了。而且"书皮"改成"包书纸"更确切，因为书皮可以认为是书的封面。我虽然未见叶老先生的面，却从他的批改中感受到他的认真、平和以及温暖，如春风拂面。

叶老先生在我的作文后面写了一则简短的评语："这一篇作文写的全是具体事实，从具体事实中透露出对王老师的敬爱。肖复兴同学如果没有在这几件有关画画的事上深受感动，就不能写得这样亲切自然。"这则短短的评语，树立了我写作的信心。

这一年暑假，语文老师找到我，说："叶圣陶先生要请你到他家做客。"我感到意外。像叶圣陶先生那样的大作家，居然要见一个初中生！

那天下午，天气很好。我来到叶老先生住的四合院。刚进里院，一墙绿葱葱的爬山虎扑入眼帘。夏日的燥热仿佛一下子减少了许多，阳光都变成绿色的，像温柔的小精灵一样在上面跳跃着，闪烁着迷离的光点。

叶老先生见了我，像会见大人一样同我握了握手，一下子让我觉得距离缩短不少。

我们的交谈很融洽，仿佛我不是小孩，而是大人，一个他的老朋友。他亲切之中蕴含的认真，质朴之中包含的期待，把我小小的心融化了，以至不知黄昏的到来。落日的余晖染红窗棂，院里那一墙的爬山虎，绿得沉郁，如同一片浓浓的湖水，映在客厅的玻璃窗上，不停地摇曳着，显得虎虎有生气。

我非常庆幸，自己第一次见到作家，竟是这样一位人品与作品都堪称楷模的大作家。他跟我的谈话，让我好像知道了或者模模糊糊懂得了：作家就是这样做的，作家的作品就是这么写的。我十五岁时的那个夏天意义非凡。在我的眼前，那片爬山虎总是那么绿着。

忧郁的孙犁先生

　　一晃，孙犁先生已经去世五个月了。我一直想写写孙犁先生，却又不知从何写起，面对电脑，枯坐半天，总是一片空白。这让我非常痛苦，我才发现有的事情、有的人真的想写却突然没有词了，那感觉就像欲哭无泪一样吧。

　　我常常想起孙犁先生，想起先生和我通过的那么多的信。我很想把这些信件都整理出来，为先生也给自己留一份纪念。可是，我不忍心触动那些难忘的，而且只是属于我们两人的岁月。那是一段多么难忘的岁月，在我的一生中，恐怕再也找不回那样恬静而温馨的岁月了。我表达着一个晚辈对他的景仰，他是我德高望重的前辈，却是那样的平易朴素，那么大的年纪却常常关心我的生活和写作，竟然来信说："您在各地报刊发表的短文，我能读到的，都拜读了。"而且按先生的话是"逐字逐句"认真地读，然后写来长信，提出批评，给予鼓励，文学变得那样的美好而纯净，远离尘嚣，我和先生仿佛与世隔绝一般，只谈读书，只谈往事。现在还会有那样的岁月和心境吗？

在孙犁先生在世的时候，我常常想去看望他，北京离天津并不远，况且在天津还有我的亲人和认识孙犁先生的朋友，我也经常去天津。但我还是一次次忍住了这个念头，我怕打扰一个喜欢安静的老人，说老实话，也怕和我想象中的样子出现偏差。心仪一位作家，就老老实实地读他的作品吧。我知道我既不是他的学生，不是他的研究者，也不是他的部下，而只是一个敬重他的作者和喜爱他的读者，本来离孙犁先生就很远，即便走近了，也不见得就能够看得清楚，就还是远远地保留一份想象吧。

孙犁先生去世之后，我读过了不少人写的悼念文章，有些和我想象中的一样，有些和我想象中的不一样。我便问自己：我想象中的孙犁先生是什么样子呢？想了许久，我得出的结论是：晚年的孙犁先生是忧郁的。我不知道，我的想象是不是对。那只是我的想象。没错，孙犁先生的晚年是忧郁的。

孙犁先生的忧郁，和他衰年独处有关。他的文章中不止一次流露出"故园消失，朋友凋零，还乡无日，就墓在期"的感慨，他是一个情感极其细腻的人，他沉淀了岁月，洞悉了人生，所以在琐碎生活中特别珍时惜日，所以在秋水文章中格外取心析骨。

记得他读完我的《母亲》一文，知道我小时候生母去世后父亲回老家又为我和弟弟娶回一个继母的经历，来信说："您的童年，无论如何，不能说是幸福的，使我伤感。"然后，又驰书一封特别说："关于继母，我只听说过'后娘不好当'这句老话，以及'有了后娘就有了后爹'这句不全面的话。您的生母逝世后，您父亲就回了一趟老家。这完全是为了您和弟弟。到了老家经过和亲友们商议，物色，才找到一个既生过儿女，年岁又大的女人，这都是为了你们。如果是一个年轻的，还能生育的女人，那情况就很可能相反了。所以，令尊当时的心情是痛苦的。"

前一封信，让我感动，我知道孙犁先生晚年很少再动感情，他却因我的一篇文章而为我的童年伤感。我能够触摸到他敏感而善感的心，便也就越发明白为什么在他早期的文章中充满对那么多人细致入微的感情描摹。我有一种和他的心相通的感觉，这不是什么攀附，只是普通人之间普通情感的相通。我相信他是不愿意他去世后被人称作大师的，他只是一个始终保持着普通人感情的作家，就像他始终喜欢布衣麻鞋粗茶淡饭一样。

后一封信，让我没有想到，因为从我写文章起到文章发表之后，都不曾想到父亲当年那样做时内心真实的感情，而只是埋怨父亲。孙犁先生的信提醒了我，也是委婉地批评了我。真的，对于父亲，我一直都并未理解，一直都是埋怨，一直都是觉得自己的痛苦多于父亲。也许，只有经历过太多沧桑的孙犁先生，对于哪怕再简单的生活也会涌出深刻的感喟吧，而我毕竟涉世未深。过去常看到别人说孙犁先生善于写女人，其实，他也是那样善于理解男人。我也隐隐地感觉到晚年的孙犁先生和年轻时的心境已经不大一样，便总觉得有一种忧郁的云翳拂过他的眼神，善意地注视着我们，伤感地回顾着往昔。

我不大清楚孙犁先生到底是如何看待自己晚年的文章的。我只知道在和我的通信中，他特别提到过他的这样两篇文章，一篇是1989年写的《记邹明》，一篇是1994年写的《读画论记》。在他晚年的著述里，这两篇文章都算比较长的了。我是觉得他自己格外看重这两篇文章的，《读画论记》，他不计利钝，不为趋避，知人论世，裁画叙心，深刻道出对文坛的悲哀。在这篇文章中，他说："没有大智大勇，很难逃出这个圈子。"

我想起先生在给我的信中不止一次地流露出这种情绪："贪图名利于一时，这是很容易的。但遗憾终生，得不偿失，我很为一些聪明人，感到太不值。"在信里，他对文坛许多现象给予了批评，比如对那些冒充学问的所谓注水书籍的一再批评："这不能说明他有学问，是说明当前的'读者'都是'书盲'，能被这些人唬住，太可怜了。"面对这些现象，最后他只有在信中感慨地说："据我的经验，目前好像没有人听正经话，只愿意听邪门歪道，无可奈何。"

晚年的孙犁，唯一能够给予他慰藉的只有读书了。他在信中对我说："我读书很慢，您难以想象，但我读得很仔细，这也是年轻人难以想象的。"在另一封信中，他又说："读书烦了，就读字帖；字帖厌了，就看画册。这是中国文人的消闲传统，奔波一生，晚年得静，能有此享受，可云幸福。"孙犁是以这样的心境退回书斋之中的，既有中国传统文人之习，也有无可奈何之隐。孙犁先生的去世，我是感到这样一代文人和文风已经宣告结束了。那种忧郁的叹息和气质只存活在他的文字中了。

我知道孙犁先生晚年喜欢临帖书写，曾经请他为我写一幅字，他写来的第一幅录的是杜甫《寄彭州高三十五使君适、虢州岑二十七长史》中的诗句，诗里有"心微傍鱼鸟，肉瘦怯豺狼"和"竹斋烧药灶，花屿读书床"，我不知道是不是先生的自况？他写来的第二幅字是"千秋万岁名，寂寞身后事"，我感到他在旷达和超脱之外的一丝忧郁。他出的最后一本书，取的书名竟是"曲终集"，我隐隐感到不大吉利，曾经写信问过他，先生回信却没有回答，也许，是觉得我岁数还小不大懂得吧。

《记邹明》，有他自己人生的感慨，那是一则邹明记，也是一篇哀己赋。在那篇文章中，他说："是哀邹明，也是哀我自己。我们的一生，这样的短暂，却充满了风雨、冰雹、雷电，经历了哀伤、凄楚、挣扎，看到了那么多的卑鄙、无耻和丑恶。这是一场无可奈何的人生大梦，它的觉醒，常常在瞑目临终之时。"我不知道别人是如何看这篇文章的，我是感到了一种往昔的梦魇与现实的无奈，交织成一片深刻的忧郁，笼罩在晚年孙犁先生的心头，拂拭不去。

孙犁先生一生不谙世故宦情，以他的资历和成就，他完全可以像有些人那样爬上去的，但他只是如自己所说的："我的上面有科长、编辑部正副主任、正副总编、正副社长。这还只是在报社，如连上市里，则又有宣传部的处长、部长、文教书记等等。这就像过去北京厂甸卖的大串山里红，即使你也算是这串上的一个吧，也是最下面，最小最干瘪的那一个了。"

在一次孙犁先生《耕堂劫后十种》书籍出版座谈会上，我曾经讲过这样的话——我很想把这段话作为这篇迟到的悼念文字的结尾：

孙犁先生是中国真正的、有点老派的古典文人。知识分子是干什么的？就是干与知识相关的事情，孙犁先生的一生就是这样干的。面对这样的一个人，我们很惭愧。因为我们有些知识分子干的不是知识分子的事情，或为官，或为商，或争名于朝，或争利于市，这是孙犁先生作品中不断批判的。而孙犁的一生，他干的是知识分子的事情，他不为官，也不为商，然而不是他没有为官的途径和条件。孙犁先生是一个真正的文人。回眸孙犁先生二十年，实际不止二十年，五十年或者更长，把他的五十年、六十年，一生的作品都展示出来，孙犁先生可以面不改色，不用脸红，每篇文章包括每封信件都可以和读者见面。现在有多少作家可以把自己所有的作品更不要说每一封信件，摊出来和读者见面呢？包括所谓的大家。正如孙犁先生在《曲终集》中所说：人生舞台，曲不终，而人已不见；或曲已终，而仍见人。孙犁先生五十年的作品，不仅一直保持着这种创作的势头，而且保持着真正文人的这种态度。所以我说孙犁先生是真正的文人，做的是真正文人的事情，愿意称自己为文人的人，都应该有发自内心的深省。

2002 年 12 月 11 日于北京

｜ 萧红故居归来

　　到一个陌生的地方去，与其说是看那个地方的风景，让从未见过的它们闯进你的视野和心里，给你客观的感受；不如说是一种更为主观的心理和思绪乃至精神的东西，作用于你的心里和所看到的风景里。因为来之前你就已经在自己的心里想象着或勾勒着它们的样子了，如果和你想象的差不多或比你想象的要差，肯定索然无味；如果超乎你的想象，让你的想象在扑入你的眼帘的风光中碰得碎落纷飞，那才会勾起你的游兴。

　　从在北大荒插队开始，往来哈尔滨那么多回，竟然没有一次去成萧红故居。其实，它离哈尔滨仅仅三十公里。今年夏天，终于好梦成真，了却了多年的心愿。但是，说心里话，真的去到了萧红故居，我多少有些失落，它和我想象中的萧红故居不大一样，和萧红笔下的故居也不大一样。

　　它的前院过于轩豁，也过于整齐，汉白玉的萧红塑像，过于俏丽，少了些身世浮沉雨打萍的凄清和沧桑。特别是后院，那是萧红在《呼兰河传》中倾注了感情描述过的后院，修剪得像是如今司空见惯的小花园了。那棵在院子西北角的榆树没有了，那棵不开花不结果的樱桃树也没有了，多了一棵沙果树，正结满累累的红白透亮的小果子，硕大的西番莲，也是《呼兰河传》里没有见过的。在《呼兰河传》里被萧红那样富有灵性地描写过的"愿意长多高就长多高，愿意长到天上去，也没有人管"的玉米，也没有了。而"愿意爬上架就爬上架，愿意爬上房就爬上房"的倭瓜，被移植到了前院，像是安排好座位并像我们现在开会摆好座签一样，整齐地种在地垄里面。结出的金黄的倭瓜，都哈着腰沉沉地坠在架子下面，却再也不可能"愿意爬上架就爬上架，愿意爬上房就爬上房"，因为前面根本不靠房子了。

冯歪嘴子的磨房，被修得格外簇新，我们在修建文物时，似乎缺乏修旧如旧的本事。想想冯歪嘴子那大个子的媳妇带着新生的孩子盖着面袋子睡在这里凄凉的情景，眼下的磨房像是电影棚里搭的一个景。被萧红曾经那样充满孩子气地描写过的黄瓜秧爬满磨房的门窗，看不见外面的冯歪嘴子还在磨房里面自说自话的一幕幕情景，只存活在萧红的文字和逝去的岁月里，无法再现今日，因为今日再没有黄瓜秧爬上磨房的门窗。这时，你只能够感叹文字和岁月的永恒能力，是超越一切现代化的手段的。现代化的手段，可以把房子修建得格外整齐，却只是形似而神不似。堆放在后院后门的落叶，也堆放得那样整齐，像是放学排队回家笔管条直的小学生，没有了后院的蒿草、蓼花和乌鸦的忧郁、凄清和念想。可惜东园树，无人也作花，那种自由自在，那种随心所欲，那种生命中真正童年的后院，便只能够在萧红的文字中去追寻了。

"那园里的蝴蝶、蚂蚱、蜻蜓，也许年年仍旧，也许现在完全荒凉了。小黄瓜、大倭瓜，也许年年地种着，也许现在根本没有了。那早晨的露珠是不是还落在花盆架上，那午间的太阳是不是还照着那大向日葵，那黄昏时候的红霞是不是还会一会儿工夫变出一匹马来，一会儿工夫变出一条狗来，那么变着。这一些我不能想象了。"

所有的一切都被萧红所言中。萧红家的后院已经不再是原来的样子了。想一想，五十四年前，萧红写《呼兰河传》时的情景，落叶他乡，寒灯孤夜，亡国去如鸿，故园在梦中，那一腔刻骨铭心的怀乡情感，如今多少人还能够记得，又还能够感同身受地理解？面对如今的美女写作、身体写作的迷花醉月，诸多风起云涌的花样变化，同样作为女性作家的萧红，不知该做何等感想。故园的变化，便更是理所当然而不能苛求的事情了。况且，毕竟还是修建了这座故居，让怀念萧红的人有个迎风怀想的流连之处。

也许，更让萧红无法理解，也难以想象的，是在我们就要离开她的故居时，来了一些警察，故居很多的工作人员纷纷出来，漂亮的女讲解员也跟着出来，忙成一团。原来是从北京来的一位哪个部的首长要来参观，警察在故居的门前门后忙着清理，连门口道路上停放的车辆都要让它们开到别处去，让出路来。花径缘客扫，蓬门为君开，一看就知道是习以为常的事情了，人们在熟练地做着这一切。如同萧红研究如今成了显学一样，萧红故居也成了附庸风雅之地。萧红说："这一些我不能想象了。"不知道，她所说的"这一些"包括不包括眼下的这一些，只是，真的是不能想象了。

走出萧红故居很远了，本想看看到底是哪一位显要人物要来，还非要清场似的不可。等了一会儿，也没有见人影来，倒是先来了一溜儿小汽车占满了并不宽的道路。萧红故居的墙外面摆了一地的西瓜，卖瓜的商贩也是看准了这个地方，可以借助乡亲萧红卖点儿零花钱。

回到哈尔滨，见到原黑龙江作协副主席韩梦杰，是多年的老朋友。阔别多年，相见甚欢。交谈中，他告诉我《北方文学》眼下办刊艰难，已经有八个月发不出工资了。因为刚刚从萧红故居回来，心情本来就有些郁闷，便更加郁闷。如今的萧红已经成为一个符号，装点着门面，成为旅游者的一个景点，成为附庸风雅者的一个象征。拿死人挣钱，却让活人没钱，这样说，也许是情绪话，但萧红故居和《北方文学》，同样作为黑龙江的文化品牌，冷热不均、旱涝失衡，却是应该正视的现实。心里暗想，萧红要是还活着，不知该如何面对。

小溪巴赫

我一直想写一写巴赫。许多次拿起笔，又放下了。科学家爱因斯坦曾经说过："对于巴赫，只有聆听、演奏、热爱、尊敬，并且不说一句话。"像我当然要三缄其口了。

巴赫确实太伟大了，太浩瀚了。他的音乐影响了三百年来人们的艺术世界，也影响了人们的精神世界，无以言说，难以描述。我确实不知该怎么来写巴赫，但我又实在想写巴赫。

这一次，鼓励自己说：试一试吧！看看你能不能走近他？

鼓励我写下去的原因，是我在偶然间看到一个资料，其实这资料早已并不新鲜，只是我的外语太差，对德语更是一窍不通。巴赫（Bach）德文的意思是指小小溪水，涓涓细流却永不停止。似乎这个德文的原意一下子解读开巴赫的一切，我对他豁然开朗。

说来很惭愧，因为见识的浅陋和闭塞，我听到的巴赫的第一支乐曲是《勃兰登堡协奏曲》，还只是其中的片段。那是十多年前的事情，因为这里面有经威廉汉姆改编而异常动听的《G弦上的咏叹调》。但这支著名的乐曲，当时勃兰登堡对它根本不屑一顾，没让他的乐队演奏，而是将这支乐曲曲谱的手稿混同在其他曲谱中一起卖掉，一共才卖了36先令。可以说，如果没有1802年德国音乐学家福尔克出版世界上第一部巴赫的传记，没有1829年门德尔松重新挖掘并亲自指挥演出巴赫的《马太受难曲》，恐怕巴赫的音乐到现在为止还只值36个先令。

但这样说并不准确，如果没有福尔克、门德尔松，还会有别人将巴赫音乐的真实价值挖掘出来，告诉世人的。真正有价值的音乐，即使看来再弱小，只是潺潺的小溪，也是不仅埋没不了的，而且不会因时间久远而苍老，相反却能常青常绿。这确实是音乐独具的魅力，它同出土文物不一样，出土文物只能观看、追寻、钩稽、对比，它却能站立起来，用自己的声音塑造起形象来，抖落岁月覆盖在身上的一切仆仆风尘，让人们刮目相看。时间只会为它增值，就像陈年老酒一样，时间和醇厚的味道融为一体，互成正比。

这就是小溪的意义吧。我们总爱说意义，有时意义是挺重要和必要的，意义代表着价值。

小溪，涓涓细流，就那样流着、流着，流淌了三百年，还在流着，这条小溪的生命力该有多么的旺盛。在我们没有发现它的时候，其实它就是这样永不停止地流着，只不过那时被树荫掩映，被杂草遮挡，被乱石覆盖，或在那高高的山顶，我们暂时看不见它罢了。

大河可能会有一时的澎湃，浪涛卷起千堆雪。但大河也会有一时的冰封、断流，乃至干涸。小溪不会，小溪永远只是清清地、浅浅地流着，永远不会因为季节和外界的原因而冰封、断流、干涸。我们看不见它，并不是它不存在，而是因为我们眼睛的问题：近视、远视、弱视、色盲、白内障、瞎子，或只是俯视浪涛汹涌的大河，或只是愿意眺望飞流三千尺的瀑布，而根本没有注意到小溪的存在罢了。而小溪就在我们的身旁，很可能就在我们的脚下。它穿过碎石、草丛，隐没在丛林、山涧，行走在无人能到达连鸟都飞不到的地方。

在险峻的悬崖上，它照样流淌；在偏僻的角落里，它照样流淌；在阳光、月光的照耀下，它照样流淌；在风霜雨雪的袭击下，它照样流淌……小溪的水流量不会恣肆狂放，激情万丈得让人震撼，但它给人的感动是持久的，不会一曝十寒，不会繁枝容易纷纷落，不会无边落木萧萧下，而总是一如既往地水珠细小却清静地往前流淌着。它拥有着巴洛克特有的稳定、匀称、安详、恬静、圣洁，和旷日持久的美。它的美不在于体积而在于它渗透进永恒的心灵和岁月里，就像刻进树木内心的年轮里。它不是一杯烈酒，让你吞下去立刻就烟花般怒放、烈火般燃烧；它只是你的眼泪，在你最需要的时候，珍珠项链般地挂在你的脖颈上，或悄悄地湿润着你的心房。

这才是小溪的性格和品格。

这才是巴赫的性格和品格。

有人说巴赫伟大，称巴赫为"音乐之父"，说在巴赫以后出现的伟大音乐家中，几乎没有一个没受过他的滋养。贝多芬、舒曼、里姆斯基－科萨科夫、雷格尔、勋伯格、肖斯塔科维奇……无数后代音乐家对巴赫敬仰和崇拜，甚至专门创作出有关巴赫的主题音乐，或用只有音乐语言才有的特殊方式（按照音乐乐理体系，巴赫的德文拼音BACH在乐谱中对应的B是7、A是6、C是1、H是7，将这四个音符连缀起来就是巴赫名字的音乐专称），音乐家们用这种他们心心相通的语汇，以他们钟情的乐器的鸣奏，向巴赫呼唤，表示着对巴赫的敬意。

伟大不见得都是巍巍乎、昂昂乎，如庙堂之器哉。伟大可以是高山、是江河，但伟大也同样可以是溪水。巴赫就是这样清澈的小溪水，当世事沧桑，春秋代序，高山夷为平地，江河顿失滔滔，大河更改河道，小溪却一如既往，依然涓涓在流，清清在流，静静在流。

这就够了，这就是小溪的伟大之处。

听巴赫的音乐，你的眼前永远流淌着这样静谧安详、清澈见底的小溪水。

在宁静如水的夜晚，巴赫的音乐（那些弥撒曲和管风琴曲），是孔雀石一样蓝色夜空下的尖顶教堂正沐浴着皎洁的月光，教堂旁不远的地方流淌着这样的小溪水，九曲回肠，长袖舒卷，蜿蜒地流着，流向夜的深处，溪水上面跳跃着教堂寂静而瘦长的影子，跳跃着月光银色的光点……

在阳光灿烂的日子，巴赫的音乐（那些康塔塔和圣母赞歌），是无边的原野，青草茂盛，野花芬芳，暖暖的地气在氤氲地袅袅上升，一群云一样飘逸的白羊，连接着遥远的地平线。从朦朦胧胧的地平线那里，流来了这样一弯清澈的小溪，溪水上面浮光耀金，却带来亲切的问候和梦一样轻轻的呼唤……

寻找贝多芬

有一段时间，我突然不喜欢贝多芬，而把兴趣转向勃拉姆斯和德彪西。我觉得世上将贝多芬那"命运的敲门声"过分夸张，几乎无所不在，不仅在文学作品中屡见不鲜，以此为主人公命运的点缀，就连詹姆斯·拉斯特和保罗·莫里亚的现代轻音乐队，也可以肆意演奏他的《命运》，强烈的打击乐莫非也能发出"命运的敲门声"吗？这很有些像那一阵子将莎士比亚的《奥赛罗》改成我们的京戏，让人啼笑皆非。过分夸张，可以成为漫画，但那已经绝不再是贝多芬。而天天、处处听那"命运的敲门声"，实在也让人受不了。贝多芬既非指明灯那样的思想家，也不能通俗得如同敲打不停的爵士鼓。

其实，那一段时间，我如一些浅薄的人一样，对贝多芬所知甚少。除《命运》《英雄》之外，他还有着浩瀚的音乐财富。

一个闷热不雨的夏夜，我忽然听到美国著名小提琴家雅沙·海菲兹演奏的小提琴。那乐曲荡气回肠，一下子把我带入另一番神清气爽的境界。尤其是乐曲的第二乐章，柔美抒情中带着绵绵无尽的沉思，那音乐主题由小提琴带动不同乐器反复出现，真让人感到面前有一幅动情的画在徐徐展开，呈现出层次丰富而色彩纷呈的画面。那乐曲让我深深感受到天是那样蓝，海是那样纯，周围的夜是那样明亮、深邃、清凉一片而沁人心脾……

后来，我知道，这同样是贝多芬的乐曲：《D大调小提琴协奏曲》。

贝多芬原来也还有这样近乎缠绵而美妙动情的旋律。我也知道：正是创作这支协奏曲那一年，贝多芬与匈牙利的伯爵小姐苔莱丝·勃朗斯威克订了婚。他将他的爱情心曲融进那七彩音符中。

贝多芬不是完人，却是一位巨人。当我更多地接触了一些他的音乐作品，才深感自己是面对一座高山、一片森林，原来却以一石一叶而障目，自己远远没有接近这座山、这片林。贝多芬并不是夏日流行的西红柿和冬天储存的大白菜，可以俯拾皆是。他不能处处时时为你敲门，也不会恋人般无所不在地等候与你相逢。他需要寻找，用心碰他的心。

春天，我从海涅的故乡杜塞尔多夫出发，到科隆，然后来到波恩。我是专门来寻找贝多芬的。在这座城市波恩小巷20号的二层小楼上，1770年12月16日，诞生了这位音乐巨匠。

那一天到达波恩已是黄昏，天正下着蒙蒙细雨，沾衣欲湿，如丝似缕。踏上通往波恩小巷的碎石小道，我心里很为曾经对贝多芬的亵渎而惭愧。对一个人的了解是世上最难的事。对音乐的认识，我真还只是识简谱阶段。此番之行，算是对贝多芬真诚的歉疚。

我不止一次听贝多芬的《月光奏鸣曲》和《D大调小提琴协奏曲》，每一次都为他的深情所感动。贝多芬在作了这首小提琴协奏曲四年之后，他与苔莱丝小姐的婚事未成，再一次打击迎接了他，但他依然源源不断地创作出《热情》《田园》那样美妙动人的乐章。我相信这是那矢志不渝的爱的结晶。要不为什么在十年以后，贝多芬提起苔莱丝仍然说："一想到她，我的心就跳得像初次见到她时那样剧烈！"而且写下那一往情深的《致远方的爱人》。

不管别人如何理解贝多芬，我心目中的贝多芬的外表，绝不像街头批量生产的那种贝多芬石膏头像，也不是被人们形容的那种"狮子似鼻尖和骇人的鼻孔"的李尔王式的悲剧人物。我懂得，他所经历的痛苦远远比我们一般凡人多得多，但他绝不仅仅是一个天天咬着嘴角、皱着眉头、忧郁而愤恨的人。正由于他对痛苦的经历与认识比我们多，对爱与欢乐渴望的意义才比我们更为深刻，更为刻骨铭心而一往情深。他不是那种描绘性的作曲家，而是用自己的情感、自己的心和灵魂进行创作的音乐家。我想，正因为这样，在他创作的最后一部《第九交响曲》中，既有庄严的第一乐章的快板，也有如歌的第三乐章的慢板，更有第四乐章那浑然一体高亢而情深的《欢乐颂》。听这样的音乐实在是灵魂的颤动，是心与心的碰撞，是感情世界的宣泄，是人与宇宙融为一体的升华。

雨丝飘飘洒洒，似乎也沾染上了贝多芬动人的旋律。暮色中的波恩笼罩着几分伤感的情调。小巷不长，很快便到了一座并不高的小楼前：淡藕荷色的墙，苹果绿的窗，翡翠绿的门，门楣上雕刻着橙黄色的花纹——均是新油饰而成。墙上排雨管边镶着一块黄色木制门牌，阿拉伯数字"20"分外醒目。这便是贝多芬的故居？简陋而显得寒酸，如同他最后指挥《第九交响曲》一样，连一身黑色燕尾服都没有，只好穿件绿燕尾服将就。至于那门窗墙的颜色搭配得不协调，简直像是出自小学生之手，这未免太委屈了贝多芬。只有门前两个方形的小小的花坛中栽满红的黄的不知名的小花，在雨雾中含泪带啼般楚楚动人。

可惜，我来晚了，早过了参观时间，绿门已经紧闭。我无法亲眼看看贝多芬儿时睡过的床、弹过的琴，和他那些珍贵的手稿。我只有默默地仰望着二楼那扇小窗，幻想着这一刻贝多芬能够从中探出头来，向我挥一挥手；或者从那窗内飘出一缕琴声，伴随着他那一阵阵咳嗽声……

没有。什么也没有。只有雨还在如丝似缕地飘洒，只有门前的小花在晚风中悄悄细语。但我分明已经感受到了贝多芬本人的气息！我终于找到了他，虽未能认识他的全部，但结识了他！我的心头蓦地掠过一阵音乐声，是我自己谱就的，虽然不成体统，却是真诚的，从心底发出的。我相信它一定能长上翅膀，飞进小楼的窗中，飞进历史苍茫的岁月，飞到贝多芬熟睡的身旁……

街灯，在这一刹那全亮了。雨中朦朦胧胧的一片，像眨动着无数只小眼睛。哪一双眼睛是属于贝多芬的？

就在这 20 号的门旁，是一家小商店。它的对面也是一家商店，不远处可以看见有汉字招牌的中国餐馆。每一家都是灯火辉煌，正是生意兴隆时辰。唯独 20 号这幢楼暗暗的，静静的，睡着了一样。

就这样默默地走了，真不甘心！一步一回头，总觉得那窗口、那门前、那花旁、那雨中，宽脑门的贝多芬会突然出现。那样的话，我敢说所有那些商店餐馆里的人都会拥出，所有辉煌的灯光也会黯然失色。

走出小巷不远，是市政大厅前宽敞的广场。我真的看见了贝多芬，他穿着件破旧的大衣，手搭在胸前，双眼严峻却不失热情地望着我。那是屹立在那里的一座贝多芬雕像。在这里，即使没有雕像，贝多芬的影子也会处处闪现，他的音乐晚会日夜不息地流淌在波恩小巷乃至整座城市上空，然后顺着莱茵河一直飘向远方。

广场旁传来一阵六弦琴声。那里，在一家商店的屋檐下，一位流浪歌手正在演奏。在杜塞尔多夫，在科隆，我都曾经见过他。他似乎只管耕耘，不问收获，每次不管听众有几个，也不管有没有人往他甩在地上的草帽里扔马克，他一样激情而忘我地演唱或演奏。这一天，同样没有几个人在听，他同样认真而情深意长地弹着他的六弦琴。

我听出来了，那是贝多芬的《致爱丽丝》。

春天去看肖邦

说来真巧，去肖邦故居那天，正好赶上是春分。

肖邦故居位于华沙市区五十公里外一个叫作沃拉的小村。车子驶出市区，便是一片开阔的原野，平坦的土地大部分裸露着，还没有返青，到处是一丛丛亭亭玉立的白桦树，和一片片的苹果树和樱桃树，油画一样静静地站立在湛蓝的天空之下。再晚一个多星期，田野就绿了，果树都会开花，那样的话，肖邦会在缤纷的花丛中迎接我们了。

老远就看见了路牌：WOLA。虽然是波兰文，拼音也拼出来了，就是我梦想中的沃拉。

肖邦故居的门口很小，里面的院子大得出乎我的想象，虽还是一片萧瑟，但树木多得惊人，深邃的树林里铺满经冬未扫的厚厚树叶，疏朗的枝条筛下雾一样飘曳的阳光，右手的方向还有条弯弯的小河（肖邦九岁时在这条小河里学会游泳），宁静得如同旷世已久的童话，阔大得如同一个贵族的庄园。肖邦的父亲当时只是参加反对沙皇的武装起义失败后跑到这里教法语的一个法国人，落魄而贫寒，怎么可能买得起这么大的庄园？我真是很怀疑，无论是波兰人还是我们，都很愿意剪裁历史而为名人锦上添花，心里便暗暗地揣测，会不会是在建肖邦故居时扩大了地盘？

我想起 1891 年的秋天，也就是在肖邦逝世四十二年之后，俄罗斯的音乐家巴拉基耶夫建议在沃拉建立一座肖邦纪念碑，曾经专门请假到这里来过，但是，他已经寻找不到哪里是肖邦的故居了，问遍村里的人，他们甚至不知肖邦是谁。肖邦怎么可能有这么大的园子？真有这么轩豁显赫的园子，村里的人会不知道住在这里的人是谁吗？

如今，肖邦纪念碑就立在小河前不远的地方，和故居的房子遥遥相望。那是一座大理石做的方尖碑，非常简洁爽朗。上面有肖邦头像的金色浮雕，浮雕下面有竖琴做成的图案，两者间雕刻着肖邦的名字和生卒年月。

那幢在繁茂树木掩映下的白色房子，就是肖邦的故居了。房子不大，倒很和肖邦当时的家境吻合。如果房前没有两尊肖邦的青铜和铁铸的雕像，和村里其他普通的房子没有什么两样。它中间开门，左右各三扇窗子，各三间小屋，分别住着他的父母和他的两个妹妹。如今，成了展室，展柜里有肖邦小时候画的画，他的画很有天分，还有他送给父亲的生日贺卡，是他自己亲手制作的。墙上的镜框里陈列着 1821 年肖邦十二岁时创作的第一首钢琴曲的手稿：《降 A 大调波罗乃兹》。五线谱上的每一个音符都写得那样清秀纤细，让我忍不住想起他的那些天籁一般澄清透明的夜曲和他那被做成纤长而柔弱无骨一般的手模。

最醒目的，莫过于刚进去在右面屋子里摆放着的一架三角钢琴，节假日，特别是在夏天的节假日里，房间里所有的窗户会打开，人们可以坐在它旁边弹奏，听众就坐在外面的草地或树丛中聆听。可惜，我们来得不是时候，只能想象那样美妙的情景，一定是人们和肖邦最亲近的时候。

客厅的一侧，有一个拱形的门洞，但没有门框、门楣和房门，空空地敞开着，门洞的后面是一扇窗，明亮的阳光透过窗纱洒进来，将那里打成一片橘黄色的光晕。走过去一看才知道，那里就是肖邦出生的地方，竟然只是一块窄窄的长条，长有五六米，宽却大概连一米都不到，因为中间放着一个大花瓶就把宽的位置占满了。靠窗户的墙两边分别挂着肖邦的教父和教母的照片，墙外面一侧挂着的镜框里放着圣罗切教堂出具的肖邦的出生证和洗礼记录，另一侧镶嵌着一块汉白玉的牌子，上面刻着三行手写体的字母：弗雷德里克·肖邦于 1810 年 2 月 22 日出生在这里（另一说肖邦出生于 1809 年 3 月 10 日，现在的错误源于当年巴拉基耶夫在这里建立的肖邦纪念碑上生卒日期刻错了，以致以后以讹传讹。关于肖邦的生日，一直争论不休）。

实在想象不到肖邦出生在这里，家里还有别的房间，为什么他的母亲非要把他生在这样一个憋屈的角落里？命定一般让肖邦短促的一生难逃命运多蹇的阴影。

肖邦只活了三十九岁，命够短的。在这三十九年里，只有前九年的时光，肖邦生活在沃拉这里，那应该是他最无忧无虑的时候，以后的岁月里，疾病和情感的折磨，以及在异国他乡的颠沛流离，一直像影子一样苦苦地跟随着他，直至最后无情地夺去他的生命。肖邦传记的权威作家美国人詹姆斯·胡内克，曾经这样描述襁褓中的肖邦："听不到音乐就会哇哇大哭，就像莫扎特儿时对小号的旋律出奇地敏感。"

肖邦的母亲是纯粹的波兰人，富有教养，弹得一手好钢琴，给予他小时候最温暖的爱和最良好的音乐启蒙。据说，乔治·桑最为嫉妒肖邦的母亲，她曾经断言，母亲是肖邦"唯一的爱"，因此而心里一直非常地不平衡。

肖邦就是在这里和瑞夫纳老师学习钢琴，那一年，他才六岁。

八岁的时候，他登台华沙演奏钢琴，引起轰动，被称为"第二个莫扎特"。瑞夫纳说他已经没有什么可再教他的，建议他去华沙。他去了华沙，和华沙音乐学院的院长约瑟夫·埃尔斯纳系统地学习音乐，又是埃尔斯纳建议他去巴黎，他去了巴黎，开创了音乐新的道路。这样两个对于他至关重要的老师，为什么我在他的故居里没有见到他们的照片、画像或其他一些印记呢？也许，是我看得不仔细。

在肖邦故居里迎风遥想肖邦的往事，别有一番滋味在心头。一个那么弱小而疾病缠身的人，竟然可以让整个欧洲为之倾倒，让所有的人对当时的波兰一个那么弱小一直被人欺侮的国家与民族刮目相看，该是多么了不起。音乐常常能够超越某些有形的东西而创造历史。

走出故居，沿着它的侧门走去，下一个矮矮的台阶，那里草木丛丛，更漂亮而幽静。前面不远就是那条小河，如一袭柔软的绸带，弯弯地缠绕着整个故居，淙淙地流淌着舒缓的音符。忽然，传来一阵钢琴声，听出来了，是肖邦的《第一钢琴叙事曲》，是从肖邦故居里传出来的。明明知道是从音响唱盘里播放出来的，却还觉得好像是肖邦突然出现在故居里，推开了置放钢琴的房间的那扇窗子，为我们特意演奏。

谁打翻了莫奈的调色盘

想念吉维尼已经很久。

吉维尼是一个小村子，那里有莫奈的故居，人们都把它叫吉维尼花园。那是莫奈在四十三岁那年买的一块地，他在那里住了四十三年，住了他人生的整整一半，八十六岁那年在他的花园里去世，他的墓地就在吉维尼村的教堂边上。

莫奈刚买下吉维尼这块地的时候，他的妻子刚去世不久，那时，他的画卖得并不好，他只是把这块地种成了花园。有意思的是，他的赞助商破产，赞助商的老婆却成了他的续弦。我没有研究过莫奈的生平传记，心里猜想大概她看中了莫奈的才华，对莫奈有底气。果然，莫奈住进吉维尼不久，画一下子卖得好了起来，声名鹊起，财源滚滚。莫奈便又买了花园边上的另一块地，把它改造成了池塘，种了好多的睡莲，建起了那座有名的日本式的太古桥。他还成功地把流经吉维尼村外的塞纳河水引进他的池塘。而这一切都是需要钱来做支撑的。莫奈的吉维尼花园渐渐地和他的画一样有名。

　　再次到达巴黎，当天下午我就驱车去了吉维尼，弥补上次来巴黎没有去成的遗憾。那里距巴黎七十多公里，不算远，但已经不属于巴黎的郊区，属于诺曼底。一路树林林深叶茂，浓郁的绿色，将天空都染得清新透明。过塞纳河右岸不远就应该到了，但我们在乡间小道上迷了路。僻静的乡村，找不到一个人，玫瑰花开得格外地艳，樱桃树上的小红果结得那样寂寞。来回跑了好多冤枉路，终于找到莫奈故居的时候，天已近黄昏时间，依然游人如织。窄小的入门处，如一个瓶口，进入里面，立刻轩豁开朗，如潘多拉魔盒水银泻地一般，展现在眼前的是莫奈的花园，姹紫嫣红，铺铺展展，热闹得像一个花卉市场。据说所有的花都是莫奈亲自从外面买来，品种繁多，色彩缤纷，叫都叫不出名字。其中最引人注目的是花朵硕大的虞美人和鸢尾花，那曾经是莫奈最爱的花。不过说实在的，和我想象的不大一样，和莫奈画过的花园也不大一样，眼前的花园显得有些杂乱无章，就像并不懂得园艺的一个农人将种子随便那么一撒，任其随风生长，花开得虽然烂漫，却没有什么章法，各种颜色错综一起，像一匹染得串了花色的花布。

　　也许，我对比的是法国凡尔赛、枫丹白露，或舍侬索堡的皇家花园，那里的花园整体如同几何圆规和三角板的切割，和裁缝手中胸有成竹的剪裁。而莫奈要的就是这样风一样的自由，田园性格一样随心所欲的疯长。

不过，说实在的，莫奈故居那座主体建筑的二层小楼，外墙面涂的是嫩粉颜色，窗户、外走廊栏杆和阶梯涂的都是翠绿的颜色，可真是觉得有些怯，心想这不该是最懂得并最讲究色彩的莫奈选择的颜色呀。这应该是还没有度过童年的小公主愿意涂抹的颜色，哪里是一个老头子的选择呀。没办法，再伟大的画家也有世俗的一面，面对自己的选择有时也会有马失前蹄的时候。

小楼里人满为患，几乎到了摩肩接踵的地步。没有想到莫奈故居里居然有这样多的游客，而且有非常多的日本人，莫非他们因为在这里有莫奈特地从日本买来的许多的东西，包括家具和碗碟，墙上挂着不少日本的浮世绘，日本人便千里迢迢来这里对莫奈投桃报李吗？

最漂亮的，要我说，是花园后面的池塘。通往池塘的小径，一边有小溪环绕，一边是树木葱茏，花开得浓烈如同热情好客的向导，一路逶迤引你走去。有几座小桥和花门可以进得池塘，一碧如洗的水上，睡莲的叶子静静地躺着，和花园的喧闹有意做了对比似的，一下子安静了下来，让心滤就得澄静透明。还没到睡莲开花的季节，亭亭的叶子，大大小小，圆圆的，如同漂亮的眼睛，紧贴在水面上，似乎枕在那里，还在蒙蒙而湿漉漉的睡梦当中。那座被莫奈不知道画了多少遍的日本太古桥，就在对面的柳枝摇曳掩映中矗立，和莫奈故居的窗户和栏杆颜色一样，也是翠绿色，在这里却格外和谐，有绿树和绿水的呼应和相互映衬，桥的绿色像是彼此身上亲密无间蹭上去的一样，那样亲切和快乐，那样地浑然一体，妙自天成。

我看到过 20 世纪 20 年代晚年莫奈在池塘边和太古桥上的照片，对照眼前的池塘和太古桥，没什么变化，特别是没有添加一点儿别的东西。这是非常重要的，既然是故居，一切如旧，就是最好，也是最难保持的。在故居的保护方面，做新容易，持旧却难。但唯有持旧，才能够让我们在故居这样特定的环境中，感觉时光倒流，昔日重现，还能有和莫奈在这里邂逅的冲动和错觉。

池塘是莫奈晚年最爱流连的地方，这里的睡莲大概是莫奈用过的次数比他的前妻还要多的模特，不厌其烦地被莫奈一遍遍地画。莫奈爱选择在不同时间坐在池塘边画睡莲，他会比我们所有人都能感受到细微的光线的变化，而这些光线就是莫奈的另一支画笔和另一种色彩，帮助他完成了那一幅幅的睡莲。没有谁能够比莫奈更懂得睡莲的了，没有谁能够比莫奈画出更好的睡莲了。只有站在这里，才会明白莫奈对于睡莲的感情。我们古代画家讲究梅妻鹤子，即把梅花和仙鹤人化和圣化，当成了自己的妻子和孩子一般。莫奈其实也是把睡莲内化成他的生命一样，也是他自己身心的一种外化。

记得莫奈的老师欧仁·布封曾经这样教导过莫奈说："当场直接画下来的任何东西，往往有一种你不可能在画室里找到的力量和用笔的生动性。"这个教导对莫奈很重要，使他一生受益。莫奈坚持室外写生，这里的池塘便是他的老师的化身。我们特别愿意把莫奈当成印象派的画家，以为他完全可以靠印象肆意去画，殊不知面对池塘和睡莲，他的写生是如此认真和持久。他并不完全凭仗印象，他同时相信室外写生时的力量和用笔的生动性。而这力量和生动性是池塘和睡莲给予他的，他才在大自然的万千变化中找到了艺术鬼斧神工的魅力，找到了属于他自己神性的睡莲。

漫步环绕池塘走了一圈之后，我在想，人的一生真的是充满了偶然性，画家也不例外，如果没有这里绣满睡莲的池塘，莫奈可以到别处写生，也可以写生别的，但还会有他的那一幅幅让他声名大振的睡莲吗？看莫奈的画，画得最多的，也是最好的，还得数睡莲。相同的睡莲，让他画出了千般仪态、万种风情，画出了心，画出了梦，画出了无数精灵，真的是哪位画家都赶不上的。

站在池塘边，想到在巴黎橘园里看到莫奈画的那环绕四面墙的巨幅睡莲，想到在纽约大都会博物馆看到莫奈画的占据了整面墙的长幅睡莲，能够感受到那里的每一朵睡莲都来自这里，这里的池塘成就了莫奈。莫奈和他的睡莲，和这里的池塘，彼此辉映，成就了一个时代的辉煌。

　　能够造就一个时代的辉煌，在于理想，在于才华，但想想莫奈在吉维尼四十三年直至离开这个世界，一直坚持画面前的睡莲，谁能够坚持这样漫长的岁月，谁都可能创造属于你自己的时代的辉煌。

2009 年 5 月记于巴黎

┃　邂逅毕加索

　　到巴塞罗那，寻找毕加索的足迹，是我的一个心愿。世界上，除了巴黎的毕加索博物馆，巴塞罗那的毕加索博物馆就是最负盛名的了。拿了一张地图，说着半生不熟的英语，问了好几位街头骑着高头大马的警察，终于找到了蒙特卡达大街。

　　说是大街，其实像胡同，很狭窄，方石铺地，已经被岁月磨得极其光滑却高低不平。两边是一些并不热闹的店铺和高高石砖砌成的旧式建筑。阳光的剥蚀和风雨的侵袭，使那些建筑颜色都呈一片灰暗。青苔茸茸如同时光老得长出了胡须，紧贴在房檐墙角，遮挡着正午火热的阳光。街上一片阴凉幽静，仿佛踏进前几个世纪的城堡，任你尽情地发思古之幽情。

　　毕加索博物馆就在这条胡同深处。那是一座同样灰暗阴凉的建筑，据说是由 13 世纪的阿拉吉宫、卡斯蒂雷特宫和卡米宫三栋小楼组成。这宫委实太小，看来 13 世纪的王妃太多，宫建得太多，叫得也太滥了。宫外无任何标志、装饰和宣传广告，如果不是黝黯的门边的墙上飘着两面印有"Picasso"的小旗，简直认不出这里便是举世闻名的毕加索博物馆。

表面的简朴与里面的五彩缤纷，是这座博物馆的风格，也是毕加索自己的风格。五百比塞塔一张入场券，上得楼来，古老的宫中增添了现代的东西，便是楼梯用铝合金新修建而成。大概是前来参观的世界游人太多。也是，我去的那一日人流如潮，摩肩接踵，致使你想停下脚仔细看一看画都不可能。毕加索死后已二十年，人们对他的景仰与爱戴与日俱增，而不是像有的画家人未死在人们心目中却已淡忘，成了鲜明对比。世界上像毕加索这样的画家毕竟不多。

一楼正面挂着一幅硕大无比的照片，是毕加索和夫人的合影。展室里全是陶器、瓷盘，那些以鱼、羊等物变形的造型，让人一看便知道是毕加索晚期的作品。我不大明白为什么第一展室不是按时期陈列毕加索在巴塞罗那求学时的早年作品，而是先用这些色彩炫目又造型古怪的器具夺人眼目？怕人认不出毕加索吗？而把这些毕加索的象征如同帽徽和胸花一样先戴在头顶，贴在胸前，以期先声夺人、赫然醒目？

确实，看陈列在这里的毕加索早期作品，与他晚期作品大相径庭，仿佛阔别久远，相见却不相识。浓重的陌生感，让你感到毕加索的变化如飓风过后的海岸一样面目皆非、眼花缭乱；也让你看到一个光着屁股、露着小鸡鸡的童年的毕加索，是如何迈着稚气的步履走出巴塞罗那，走出西班牙，而成为世界的巨人的。1895年至1896年，毕加索在巴塞罗那画的那些油画人物素描、水彩风景写生、石膏像的雕塑……无一不是写实，严格的古典色彩与技法。在这里，你怎么也看不出一丝一毫的端倪，他是怎么样变成抽象主义和超现实主义的！在这里，他太像一个循规蹈矩的三好学生，笔管条直地听从老师千篇一律式的教诲。其中有一幅大夫看病的油画，画了四幅草图，大夫坐在病人床前诊断、妻子抱着孩子为病人端水以及病人凄苦哀怨的眼神，无一不画得逼真而传神，哪里有一点儿毕加索的风格？说它是俄罗斯巡回画廊派画家的画，没人不相信。倒是在一幅和平鸽的素描（1890年），和一幅小女孩抱布娃娃的儿童画（1892年）前，我感受到毕加索一颗不安分的心。算一下，画和平鸽时他才九岁，画小女孩抱布娃娃时他才十一岁。那画画得童趣盎然，无拘无束，尤其是后者，洋溢着勃勃活力与生命跃动的韵律。那发黄残角的画纸藏着毕加索的梦。梦中注定，他不是那种本分的好孩子。他不会那么顺从听老师、听妈妈的话。他的心太野，装不下布娃娃，装不下鸽子，装不下故乡，装不下妈妈。

有一幅1990年毕加索画的自画像，题为"我是国王"。据说是毕加索离开故乡前往巴黎时留给妈妈的最后一幅画。这幅画在巴塞罗那毕加索博物馆中最为名贵而且意义非常。站在这幅画前，我想到的是李白的诗："我本楚狂人，凤歌笑孔丘。"毕加索神气十足辞别母亲，颇有种"天下谁人不识君"的劲头。那年，他才十九岁。

可以说，毕加索是从巴塞罗那走向世界的。在现代画家中，除凡·高少有人能与之匹敌。而他一生所创作的两万件数量浩繁的作品，任凡·高也无可奈何。"我是国王"，他对母亲说的并不是狂言，在艺术天国中，他确实是一位独领风骚的国王。

据介绍，巴塞罗那毕加索博物馆是 1960 年创建的。当时，毕加索的秘书兼密友塞巴蒂斯倡议并捐赠了自己的收藏，毕加索本人也先后捐赠了自己的千余幅油画、素描和雕塑，以及十七本珍贵的绘画笔记。这是任何一座博物馆包括巴黎毕加索博物馆都见不到的。可以想见，毕加索对巴塞罗那的感情，对故国的感情，对母亲的感情。记得他说过这样的话："画家是感动的容器。"

在毕加索捐赠的众多作品中，我见到曾经看过不知多少遍的《塞巴蒂斯肖像》《弹钢琴》……只不过以往都是看的画报上的复制品。面对真品，感受决然不同。它们似乎远不如想象的大，也远不如复制品鲜艳（现代印刷术太能遮丑），却真实、朴素。塞巴蒂斯戴着一副金丝眼镜变了形的脑袋、鼻头挤在耳朵边，那样神情恍惚地仿佛就站在我面前，为我弹奏一曲《圣母颂》或幽幽小夜曲；毕加索那个秃头、大鼻头的不听话的孩子仿佛就站在我面前。他让我感动。

因为世上让他感动的太多，以致装满他的容器。他的画不过是从那容器中流溢出来的，那是清泉，晶莹、透澈；那是血液，火热、赤诚。

关心、热爱毕加索的人，不能不到巴塞罗那毕加索博物馆。在这里，会感受到与任何一座藏有毕加索作品的博物馆截然不同的心绪、意境、色彩和画面。倒不是说因为这里有其他地方没有的那么多毕加索的作品，而是这里独有毕加索的少年、青年，更有他独一无二的故国故乡。在这里，让我看到赤身裸体的毕加索是如何变得满身披挂流光溢彩；让我看到匍匐爬地的毕加索是如何耸立起一座20世纪的高峰。在别的地方，我见到的毕加索都是高峰，都是通体光芒四射，唯独在这里我才见到少年的毕加索、青春的毕加索、原始的毕加索。这里深深刻有毕加索的第一个脚印。这里的毕加索更让我感到亲近，甚至嗅到他身上乳臭未干的奶香，以及满地打滚时沾上的土香！

告别这座古旧的建筑，告别飘着印有"Picasso"字样的小旗，告别这条古色古香阴凉灰暗的蒙特卡达街巷，忽然听到街角传来一阵悠扬的小提琴声。我循声寻去，看到一位老人在拉琴。他拉得特别投入，琴声如丝似缕，绵绵不绝，几分幽婉，格外抒情。我不知他是街头卖艺，还是自我陶醉？他的身边没有落下一枚铜币，也没有站着一名听众，他就那么动情而忘我地拉着他的琴，如入无人之境。我站在他的身旁，静静听他拉琴，站了许久，他也并不看我，依然自顾自地拉琴，让他的琴声在蒙特卡达街方石路面上跳跃、旋转。我想这琴声一定能够如毕加索画过的鸽子翩飞着洁白的翅膀，飞进毕加索博物馆中的。老人的琴声太悠扬动听了。只不过刚才馆内人声嘈杂、拥挤不堪，我没有听见罢了。

毕加索，你听见了吗？

或许，毕加索听见、听不见，关系都不大，关键是我们自己能够听见就是了。谁都有毕加索十九岁的时候，谁都有送给母亲的礼物，问题是我们能够如毕加索一样胆大妄为地画一幅《我是国王》送给妈妈作为礼物吗？不要怕人说自己狂妄，年轻的时候，如果都缩手缩脚，看别人的眼色，还能有什么出息呢？

1992 年 8 月于巴塞罗那

│ 橡树公园

橡树公园（Oak Park）在芝加哥西，不算远，大约一个小时的车程。说是公园，其实是个小镇，一个非常漂亮典雅的小镇。沿着一个叫作奥斯汀的街心花园往前走，这条街叫森林街，也许来得早了些，不到上午十点，街上看不见一个人，薄雾中安静得像是个远避尘嚣的隐士。正是春天，紫色的玉兰、金黄的连翘、白色的丁香，到处盛开，榆树、朴树和冬青新发的绿叶，也格外清新，就是没有见到橡树，不知为什么叫作橡树公园。

走不远，就见到街道两旁莱特（F.L.Wright）的建筑，他的建筑特点异常显著：日本式样的平屋顶、宽屋檐、矮屋梁，水平线条的分外强调，东方风格的夸张洋溢，特别喜欢用褐红色墙砖和彩色的玻璃，是一眼就能够看得出来的。由于我在芝加哥大学里已经见过他设计的罗比住宅，所以，在这里远远地看见他的建筑，有些见到老朋友的感觉。

莱特是美国有名的建筑设计大师，橡树公园里，有他设计的建筑二十余座（现在绝大多数是有钱人的私宅），成为他早期作品集中的实验基地。他自己也在这里居住，有他在1889年（二十岁时）专门为自己设计建成的宅邸，就在这条街道的尽头，现在是他的博物馆，形成了众星捧月般的中心建筑，是来这里的人首选参观之地。一辆出租车停在那里，看来还有比我早来的先行者，可惜，时间过早，还没有到参观的时间。另一座他的建筑前，有块天然不规则的石头，正面刻着他的名字和简单的生平，一侧用根钢管单摆浮搁地挑着他的一尊青铜头像，瘦削而其貌不扬，和他灿烂的建筑呈不规则的对比。

来橡树公园，主要看莱特，再有是看海明威。不过美国人自己似乎更看重莱特，在橡树公园的中心街道上，所有立着的路牌用的都是莱特设计的那种线条爽朗类似蒙德里安的图样，成了这个小镇的标志，而旅游中心里所介绍的也都是莱特和他的房子，所卖的明信片没有一张和海明威有关，都是莱特那各式各样漂亮而奇特的房子。看来，房子和文学，一实用，一不实用，或曰一现实主义，一浪漫主义，美国人也是情不自禁地站在前者一边，是全球化的选择，因此，冷淡了海明威，便是再自然不过的。

海明威出生在这个小镇，这里有他的故居，但找它时稍微麻烦了些，一是它的房子没有什么特点，根本无法和莱特的相比，让人老远就能够认出来；二是它根本不在这条街上。穿过两条街，又问了一位正练跑步的女学生，才知道它就在路的对面，一座毫不起眼的二层尖顶小白楼，这样的小楼，别说和莱特的那些豪宅比起来显得寒酸，就是和周围其他的一般楼相比，也没有任何显山显水的地方，难怪差点儿和它失之交臂。穿过马路，小楼前没有围栏，只有一块木牌，上面写着海明威于 1899 年 7 月 21 日出生于此的简单文字。如果没有这块木牌，这只是一座老态龙钟而久无人居住的木楼而已。

同样没有开门，无法进去参观，登上吱吱直响的木楼梯，只能够趴在一楼的窗上看看屋里面，隐隐看得到一些发黄的照片挂在墙上，还有他小时候练的小提琴，画过的油画，玩过的玩具，弥散着一个孩子童年的气息，和其他的孩子并无二致。可惜看不到二楼的窗子，海明威就出生在二楼那里：9.5 磅重，2.3 英尺长，不小的个儿；蓝色的眼睛，浓黑的头发，很漂亮的孩子。他母亲曾经说：他呱呱落地的时候，窗外的知更鸟正在唱歌。当然，这是海明威母亲的说法，他的母亲曾经是个歌唱家。

海明威在这座小楼上，住了将近七年，1906 年的 4 月搬走。童年，并没有给海明威带来什么快乐的回忆，知更鸟的歌唱，只是母亲一厢情愿的诗意。海明威一生对自己的母亲都没有好感，甚至对母亲都耻于提及。他母亲说："母亲的爱就像一座银行，她所生的每一个孩子，都带着一本有巨额存款的银行账户。"海明威却说：
"不幸的童年只是作家的摇篮。"

站在如今显得有些寂寥的海明威故居前，理不清他们母子间的爱恨情仇。往事淡去，如烟如雾。望望四周，只是多少明白点儿当年海明威所居住的地方，和莱特建筑的街区，显然有着明显的区别，莱特住的是富人区，而这里当年显然已经是小镇的边缘了，因为斜对面不远的地方，便是后来建的一座很大的海明威博物馆，如果当年这里没有空地，若是在莱特那寸土寸金的地盘上，根本无法想象能够平地起高楼的。

有意思的是，就在海明威博物馆的正对面，有家叫作海明威的餐馆，这多少让我感到有些安慰，因为小镇上没有一家餐馆叫作莱特的，起码说明海明威的名气比莱特还是要大些的，人们才愿意打海明威的招牌。不过，再一想，作为一代硬汉文学象征的海明威，如今沦落到烹调的世俗餐饮之中，哪一道菜可以意象地叫作"老人与海"，哪一道菜又可以化繁为简叫作"乞力马扎罗的雪"呢？

走不远，在一座教堂前，遇见一位美国中年男人，他拉住我，和我热情地交谈起来。他是一位传教士，在加纳一个古老的部落里传教，他有四个可爱的女儿，最小的是对双胞胎，其中一个病了，非要回美国治疗不可，他才带着全家回来了。现在，他的四个女儿正在教堂里，在广场前玩一种抢糖的游戏，待一会儿就出来，他站在这里正等着自己可爱的女儿。我才发现今天是复活节，教堂前的广场上撒满了花花绿绿的蛋形糖果，在灿烂的阳光下格外耀眼。我也才发现，对于他，无论是莱特，还是海明威，此刻都并不关心。他们都离我们太远，或者说，他们只是这个小镇的几座已经司空见惯的老屋。

2006 年 5 月于芝加哥

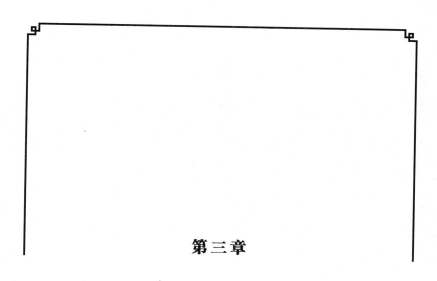

第三章

囿于市井，而向山海

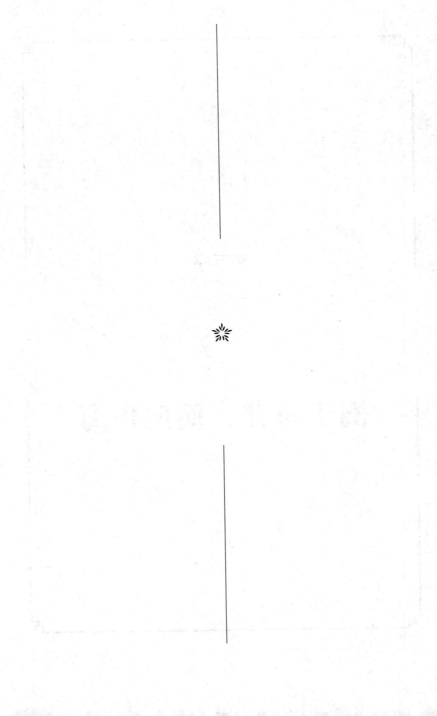

｜ 水之经典

世上丽水秀水晶莹之水清澈之水恢宏之水浩瀚之水多的是，在我看来，最富性格最值得一看的是这两处：都江堰和九寨沟。

看都江堰的水，看的是强悍奔腾的水如何层层叠叠化为生命的涓涓细流。飞奔如兽、桀骜不驯的江水，经过都江堰，立刻将仰天长啸变为喃喃细吟，将浪涛如山变为珍珠四溢，将凶猛如火变为柔情万缕……出宝瓶口流入内江，立刻呈现一派水光潋滟的情景，让人叹为观止，看到水的柔劲、可塑和万难不屈，常流不懈的生命活动。那是一种将绚烂归于平淡，将刚劲寓于柔顺，将一时融于永恒的生命。

都江堰看水，看的是水如何从天上流入人间，如何从神话流入现实，如何将自己化为一种哺育人类、灌溉庄园的生命。

都江堰的水，是一种入世的现实的水。

看九寨沟的水，看的是宁静的恬淡的水，如何凝聚成生命的湖泊。镜海、长海、珍珠滩……每一个湖泊都是那样清澈透明、纤尘不染。孔雀的蓝色，蓝得让人心醉，让人懂得并真正地看到人世间居然有纯洁美好真诚和透澈的净，就在这远避尘嚣而静静地存在。

那水几乎一动不动，任外面的世界如何纷繁变幻，将污染、噪音连同人心泛起的种种污浊的泡沫一起抛向天空和大地。它独自坚守着自己的贞操，不动丝毫涟漪，不染丝毫尘俗，将水底的虬枝沉木、水藻水锦，将天上的薄云丽日、山岚清风，将身旁的雪峰幽谷、古树老藤……一一映在自己的怀中，映得那么明净，如同脱胎换骨，玉洁冰清，重新塑造了自己一番。尘世沾惹的世俗庸俗、风骚矫情、浪声虚名、欲火利海……起码不敢在这里抖擞，而被这水洗却大半。

九寨沟看水，看的是水如何从人间流向天上，如何从现实流向神话，如何将自己化为一种启迪人类、净化心灵的艺术。

九寨沟的水，是一种出世的艺术的水。日本黑田孝高在《水五则》中的第一则说："自己活动，并能推动别人的，是水。"第四则说："以自己的清洁，洗净他人的污浊，有容清纳浊的宽大度量的，是水。"

前则，可以送给都江堰的水；后则，可以送给九寨沟的水。

1994 年 1 月 12 日于北京

｜ 白桦林

我见过的白桦林不多，以前只在北大荒我们的农场和八五二农场见过。我们农场那片白桦林靠近七星河边，八五二农场那片白桦林就在场部的边上，当初大概就是因为有这样一片漂亮的白桦林，才会择地而栖将场部建在那里吧？

在所有的树木中，白桦和白杨长得有些相像，但只要看白桦的树干亭亭玉立，树皮雪白如玉，一下子就把白杨比了下去。尤其是浩浩荡荡的白桦连成了一片林子，尤其是这两处白桦林都有几百年的历史，那种天然野性的气势，更是白杨和其他树难比的。白桦林让人想起青春，想起少女，想起肃穆沉思的力量和寥廓霜天的境界。

在新疆，钻天的白杨到处可见，但白桦很少。所以，当到达阿勒泰，朋友说带我们看他们这里的桦林公园，我很是吃惊。但真正见到之后，第二天又到喀纳斯湖旁看见白桦林，并没有一点惊奇。不是它们不美，是它们都无法和我在北大荒见过的白桦林相比。这里的白桦林大多长得有些矮，树干有些细，树冠又有些披头散发，没有北大荒的白桦林那样高耸入云，那种铺铺展展的野性，还有那股苗条秀气的劲头，都弱了几分。特别是树皮也没有北大荒的白，而且多了许多如白杨树一样的疤痕，皮肤一下子粗糙了许多。加之枝条散落，压低了树干，更少了白桦林应有的那种洁白如云的气势。

想起北大荒的白桦林，总会想起秋天白桦的叶子一片金黄灿灿，像是把阳光都融化进自己的每一片叶子里似的。雪白的树干在一片金黄的对比中便显得越发美丽。到了大雪封林的时分，雪没了树干老深，像是高挑而秀气的一条条美腿穿上了雪白的高筒靴，洁白的树干静静的，在雪花的映衬下显得相得益彰、仪态万千。开春，是我们最爱到白桦林去的季节，那时用小刀割开白桦树的树皮，会从里面滴下来白桦的汁液，露珠一样格外清凉、清新。什么时候到林子里去，都能见到斑驳脱落的白桦树皮，纸一样地薄，但韧性很强，而且雪一样地白，用它们来做过年的贺卡最别致。只是那时我们谁也没有想到。

后来看普里什文的《林中水滴》，他描写雪中的白桦林时忍不住问："它们为什么不说话？是见到我害羞吗？""雪花落了下来，才仿佛听见簌簌声，似乎是它们奇异的身影在喁喁私语……"便想起北大荒的白桦林。

　　并不是因为青春时期在北大荒，便对那里的一切涂抹上人为诗化的色彩。确实是那里的白桦林与众不同。我们那时的生活是苦楚而苍白的，但自然界有意和我们的现实生活做对比似的，让白桦林是那样的清新夺目，让我们感受到在艰辛之中诗意的生存，并没有完全离我们远去。

　　有些树木是难以入画的，但白桦最宜于入画，尤其是油画。列维坦曾经画过一幅叫《白桦丛》的油画，画得很美，但不是北大荒的白桦林，是阿勒泰和喀纳斯的白桦林。因为画得枝干瘦小，枝叶低垂，没有北大荒那种由高大、粗壮、枝叶钻天带给我们的野性，以及那种树皮雪白的独特带给我们的清纯与回忆。

　　不知八五二农场那片白桦林现在怎么样了。几年前我们农场七星河畔那片白桦林已经没有了，彻底没有了，说是为了种地多挣钱，便都砍伐干净。那么大一片漂亮的白桦林，说没有就没有了。

1998 年冬日于北京

史可法的扬州

扬州，一直是我向往的地方。四十多年前，我读中学，看到了诗人闻捷写的一首短诗《史可法衣冠冢》，很为诗和诗中所讴歌的史可法感佩，对扬州充满想象。后来，读到清经史学家全祖望那篇著名的《梅花岭记》，看到他记述的史可法壮烈殉国的场面：大兵如林而至之际，忠烈乃瞠目曰："我史阁部也！"劝之降，忠烈大骂而死。死前，他留下遗言："我死当葬梅花岭下。"少年的心，被一腔壮怀激烈所燃烧，对扬州更是无比向往。扬州，在我的心里，是史可法的扬州，是一地梅花怒放的扬州。

真的来到扬州，已经是十多年之后，20 世纪 70 年代末。那时，我正在北京的中央戏剧学院上学，写了一篇文章，投稿给南京的《雨花》杂志，当时的主编顾尔镡先生打电报要我去南京改稿。暑假里，我到南京改完稿，心想离扬州很近，便乘长途汽车专程来到了扬州，直奔城北，出天宁门，拜谒史可法墓。那时的扬州，没有如今那样多的高楼大厦，史可法墓前的护城河那样清澈，河边的杨柳在夏日里浓荫四射，为史可法祠堂遮挡着骄阳的炙烤，祠堂前的小路，水洗过一样干净而幽静，悠长得犹如一个充满感情的叹号。

和我想象中的扬州一样吗？和我想象中的史可法墓一样吗？我无法断定，祠堂里空无一人，只有我一个人在徜徉，冥冥中总感到祠堂深处，梅花岭下，或许有史可法的幽灵，灵光一闪，和我相会。一个你曾经从心底里敬重并向往的人，总会在某一个契机或某一个场所，和你相会的，所谓神交，就是这样的一种心灵深处的震颤吧？那一刻，我的眼泪竟然流了出来，幸亏祠堂里没有一个人。

只可惜，我来的季节不对，梅花岭没有一朵梅花。

第二次来到扬州，是二十年过后，20 世纪 90 年代末了。那是一次会议结束之后游览瘦西湖和个园，在参观个园的时候，我独自一个人悄悄地溜了出来。记忆中史可法墓应该离个园不远，果然，往北一走，很快就到了护城河边，依然是杨柳依依，依然是小路幽幽。更奇特的是，祠堂里，梅花岭下，依然只有我一个人。这样更好，可以独自一人和忠烈喁喁独语，与君一别，烟波千里，来如春梦，去似朝云，正可以彼此检点一下岁月留在心上的落花浮尘。和瘦西湖的游人若织相比，这里的空旷和幽静，也许正适合史可法。如果说瘦西湖像是一个漂亮女人一头飘逸的长发，这里恰如一个男人一双坚毅的眼睛，它应该就是这样无言自威，沉静如山。它将自己眼神深邃的一瞥，留给那些想和它对视的人们。

还是没有看到梅花岭的梅花，不过，没关系，好的风景，杰出的人物，遥远的历史，永远都在想象之中。

2009 年的 3 月初春，我第三次来到了扬州。我当然还要看史可法墓。人生如梦，流年似水，让我遗忘的人和事已经很多，但怎么可以忘记史可法呢？人生如寄，漂泊羁旅，到过的地方很多，真正能够让你难以忘怀并还想旧地重游的，并不很多。一提起扬州，便让我想起史可法，便让我有一种心头一颤的想念，充满自以为是的牵挂，仿佛扬州真的和我沾亲带故。

真的是和史可法和扬州有缘，来扬州前不久，还曾经在国家大剧院看过昆曲《桃花扇》，那里面有史可法率兵于梅花岭下"誓师"一段——史阁部言道："众位请起，听俺号令：你们三千人马，一千迎敌，一千内守，一千外巡。上阵不利，守城；守城不利，巷战；巷战不利，短接；短接不利，自尽。"简洁有力的台词，视死如归的气概，演员演得热血沸腾，观众看得荡气回肠。面对清兵的入侵，史可法表现出的民族气节，让今人叹为观止，甚至汗颜。是他让扬州这座城市充满血性，荡漾着历史流淌至今响有回声的波纹涟漪。

我一直以为，扬州区别于一般的南方城市，区别于那种小桥流水、私家园林的婀娜多姿。由于地理的关系，它地处江苏的北大门，照史可法说是"江南北门的锁钥"。所以，扬州不仅具有江南一般小城女性的妩媚，同时具有江南一般小城没有的男性的雄伟。无疑，史可法为扬州注入了这样雄性的激素，壮烈的舍生取义，惨烈的扬州十日，让这座城市势驱粉黛，气吞吴越，拒绝后庭花和脂粉气，让扬州不仅有精致的扬州炒饭、扬州灌汤包子和扬州八怪，还有了可触可摸的历史惊心动魄的那种律动的感觉，有了能够遥想当年铁马秋风可以把栏杆拍遍的想象的空间，有了可以反复吟唱的英雄诗篇的清澈韵脚。

没错，是史可法让扬州不仅是一幅画，而且是一首诗。

这次来因有朋友的陪伴和解说，看得更明白一些。飨堂前的一副清人的抱柱联："数点梅花亡国泪，二分明月故臣心。"明月梅花的比兴与对仗，古风盈袖，很是沉郁。梅花仙馆外另一副今人的抱柱联："万年青史可法，三分明月长存"。嵌入史可法的名字，互为镜像，做今古的借鉴，令人遐思。飨堂里梅花照阁前有史可法的塑像，上悬有何应钦题写"气壮山河"的匾额；飨堂后是史可法墓，墓前有石碑和牌坊，墓顶有草覆盖，被人们称为"忠臣草"，据说应该是四季常青，不知为什么现在却是有些草色枯黄。

飨堂西侧有晴雪轩，轩前有扬州年龄最老的梅树，里面有史可法珍贵的遗墨，老梅古砚，花影墨迹，两相辉映，最值得一观。史可法是一官员，他的书法却是真正的书法，草书、行书都有，气遏行云，韵击流水，特别是书写的内容，古韵猎猎，心事茫茫，一点浩然气，千里快哉风，高贵和如今一些官员半吊子的书法不可同日而语。"涧雪压多松偃蹇，崖泉滴久石玲珑。""琴书游戏六千里，诗酒轻狂四十年。""斗酒纵观廿一史，炉香静对十三经。""忠孝立身真富贵，文章行世大神仙。""自学古贤修静气，唯应野鹤供高情。""千里遇师从枕喜，一生报国托文章。"……一副副对联，确实不凡，笔下风雨，心底湖海，一起兜在堂前，扑面生风。特别是他写给多尔衮的《复摄政王书》，深表春秋大义，社稷之情，一气呵成，酣畅淋漓，会让人想起文天祥的那首《正气歌》。

他的遗书更是让我心动。他的第三封遗书，仅仅三句："可法死矣！前与夫人有定约，当于泉下相候也！四月十九日，可法手书。"可以说是史可法四十四岁短促一生中最精彩的绝句。如此慷慨赴义，墨迹点点，也是血迹斑斑，几百年色泽如润，依然鲜活如昨。六天后，史可法殉国。次年清明前一日，他的副将，也是他的义子史德威，在他誓师和血战的梅花岭下，为他立碑立墓。但是，那只是史可法的衣冠冢，因为战后史德威找史可法的尸体时，已经找不到了。《明史》里记载："可法死，觅其遗骸。天暑，众尸蒸变，不可辨识。"

走出晴雪轩，来到梅花岭下，春梅未开，冬梅正残，断红点点，飘落枝头，有一种哀婉的气氛，袭上心头。想起全祖望的《梅花岭记》中写道："百年而后，予登岭上，与客述忠烈遗言，无不泪下如雨。"那是全祖望于 1746 年写的，而今，两百六十多年过去了，谁还会登临会意而泪如雨下呢？也许，不是无端的猜想，在报纸上曾看到一则短文，说扬州一三轮车车夫拉一外地客人去史可法墓，拉到门前，指指祠堂，对客人说："这人是被国民党杀死的！"

朋友为打消我心头的郁结，安慰我说："祠堂东侧桂花厅前，有紫藤和木香各一架，过些日子就会次第开花，一紫一黄，分外好看。到了秋天，祠堂大门前那两株古银杏树金黄色的落叶，会落满一地，落满祠堂的瓦顶，更是壮观。祠堂一年四季花开不断，都在怀念先烈的！"朋友的话是不错的，大多数扬州人怎么会忘了史可法呢？石不可言，花能解语，如果说梅花是史可法的灵魂，满祠堂后种植的紫藤、木香、银杏、桂花、芍药、葱兰、书带草等，都是扬州人的怀念和心情。在扬州，史可法配有这样花开花落不间断的鲜花簇拥下的魂归之处。

更何况，扬州还留下了这样特殊而别具情感的地名——史可法路、螺丝结顶（"摞尸及顶"的谐音，当年史可法抗敌，巷战血拼时尸体一个摞一个到城墙顶），以及史可法曾经居住过的辕门桥。扬州人把对史可法的纪念渗透进他们的生活，刻印在他们走的路上和过的日子里，那是扬州人心底里为史可法吟唱的安魂曲。

诗与成都

和其他一些城市相比，成都的一个特别之处，便是它和诗的关系格外特别。

成都古今曾经出过的诗人很多，历代来过成都的诗人更是无数，他们的诗写得或联对得再漂亮，并不足以说明成都就是一个诗城。能够证明成都是一座诗城的，是诗对这座城市的影响，以及诗如水一样在这座城市漫延的滋润和普及。

曾经在成都最为大众化的茶馆，也有百姓自发的写诗的热情。有好事者将自己写好的诗拿到茶馆里张贴，第二天再去一看，应对者已经如云，和诗者在茶馆里彼此打擂台，茶客们则在观看中肆意地评点优劣。诗让人们自得其乐，再没有哪里可以找到如成都茶馆里这样对诗的热闹场景了，想象那劲头赶得上《红楼梦》大观园里的赛诗会吧。

　　还曾经读到过这样一则故事，说是抗战期间，在半边街魏家祠堂对面开有一家饭馆，战争期间经济拮据，怕人吃饭不给钱或赊账；饭前先要钱呢，又觉得不大好，既怕得罪人，又怕伤自己的面子。店家便写下一首诗，贴在墙上："进门好似韩信，出门赛过苏秦，赊账桃园结义，要账三请孔明。"句句用典，又通俗好懂，众人皆会意而笑，皆大欢喜。在成都，诗不止于诗家之间风雅的唱和，而很实在，很实用，又有几分居家过日子的恬淡和狡黠，以及艰辛日子里的苦中作乐。

　　再举一例，便是在成都，连乞丐都能够写诗。一个成都乞丐的"烘笼"诗："烟笼向晓迎残月，破碗临风唱晚秋，两足踏翻尘世路，一盅喝尽古今愁。"居然把凄凉写得如此诗意盎然。也许，这只是乞丐中的凤毛麟角，但他们确实曾经存在过并为成都留下了他们不俗的诗作。这在别的城市里，我还真的未曾听说过。

　　1913 年，成都慈善人士曾经在北门一破庙旧址上搭建一排瓦屋，专供乞丐在寒冬时有个避风的地方，并取了个典雅的名字，为"栖流所"。没过多久，便被乞丐在门上贴了一副对联："是士绅工商之友，与魑魅魍魉为邻。"既工稳，又俏皮。

　　一座平民化的城市，才能够将诗从高雅的殿堂上拉下来，让诗和自己平起平坐。一座有诗的传统的城市，才能够花开一般，处处都可以绽放出诗来。

成都的诗的传统，要得益于杜甫和他的草堂。而诗的传统更是一种文化的底蕴，不是一朝一夕，而是长久岁月的积淀和打磨，诗才化为了这座城市的血脉和基因。

记得同为诗人的冯至先生曾经说过一段话："人们提到杜甫时尽可以忽略了杜甫的生地和死地，却总忘不了成都的草堂。"这实在是成都的福气。成都人便也格外珍惜这一福分，将杜甫当作自己的诗神，把草堂当成诗的殿堂，每年人日即正月初七这一天，都要到草堂里祭拜，已经成为由来已久的习俗。如果没有这样长久的珍惜和敬重，如何能够形成诗的传统？诗的传统在一座城市走过了一千多年，这座城市又该是一种什么样的成色？

安史之乱后，杜甫携带稚子，从甘肃同谷步行了一个多月才走到了成都，投奔到时任剑南节度使的朋友严武门下。但不多日后，杜甫坚持搬出条件优越的严府，而居于简陋的寺院之中。日后，在浣花溪旁搭建一间茅草屋，写下《堂成》一诗，其中"暂止飞鸟将数子，频来语燕定新巢"一联，道出了草堂建成时的情景和心情。以后才有了我们见到的"细雨鱼儿出，微风燕子斜""秋水才深四五尺，野航恰受两三人""自去自来梁上燕，相亲相近水中鸥"……这样情趣盎然，又令我们会心会意，平易得任何人都懂得的诗句。

我一直这样认为，正由于杜甫这样的平民性，造就了其诗歌的人民性，也才造就了成都这座城市诗歌传统的平民性，让诗和这座城市的人们心心相通。诗不再是高雅的代名词，不再是诗人的专利，而是属于大众和这座城市的每一棵树，每一朵花。

　　成都，便不仅是一座茶城，一座花城，一座美食城，还是一座诗城。

大理看花

在植物中，我崇敬微小的，因此，一直以为草比树好看，花比草好看。到了云南，在昆明看花，比在北京好看；到大理看花，又比昆明好看。细琢磨一下，或许是有道理的。人靠衣服马靠鞍，花草虽小，却也是需要背景来衬托的，远离大自然，她们来到城市，不会像我们人一样挑挑拣拣，但是，城市的背景会在有意无意间衬托出她们不同的风姿。说是一方水土养一方人，其实，也是一方水土养一方花。

老城昆明，翠湖一带还能依稀看到老模样，其他地方如今已被拆得七零八落。大理，毕竟还保留着古城，而且，四围有苍山洱海的衬托，上下关之间有白族老村落相连，乡间和自然的气息挡不住，同样的花，在这里便呈现出不一样的内容。所谓石不可言，花能解语呢。

车还没进大理古城，头一眼便看到城墙外有一家叫作"小小别

你所看到的惊鸿，都曾被平庸磨砺

馆"的小餐馆，墙头攀满三角梅，开得正艳。三角梅，在云南看得多了，这一处却印象不同。餐馆是旧民居改建而成，白族特有白墙灰瓦的衬托，三角梅不是栽成整齐的树，或有意摆在那里的装饰，而是随意得很，像是这家的姑娘将长发随风一甩，便甩出了一道浓烈的紫色瀑布，风情得很。

和老北京一样，大理老城以前是把花草种在自家院子里的，除了三角梅，种得更多的是大叶榕和缅桂花，缅桂花就是广玉兰，白族民歌爱唱："缅桂花开哟十里香……"大叶榕是白族院子里的风水树，左右各植一株，分开红白两色，被称为夫妻花。如今，进了大理古城，中心大道复兴路两边的街树都是樱花，显然是最近后种的，与大理不搭，或者说是混搭。大理市花是杜鹃，沿街种杜鹃才对。当然，看大理杜鹃，要到苍山，看那种雪线上的高山杜鹃，红的、粉的、白的、黄的，五彩缤纷，铺铺展展，漫山遍野，让大理有了最能代表自己性格和性情的花的背景。这大概是别的古城都没有的壮观。

如今，去大理古城，摩肩接踵，人满为患。其实，离大理古城不远，还有一座古城，叫喜洲，也隶属大理，去的人不多，还保留着难得的属于 20 世纪的古老和清幽。喜洲古镇没有大理古城大，却是大理商业的发源地，可以说是，先有的喜洲古镇，后有的大理古城。古丝绸之路兴起时，云南马帮号称有四大帮，其中之一便是喜洲帮。他们便是自遥远的南亚乃至中东，从喜洲进入大理，将最早的资本主义种子带进大理萌芽开花。

所以，大理最有钱的人，不是在大理古城，而是都出自喜洲；大理最气派而堂皇的白族院落，不是在大理古城，而是都在喜洲。当然，大理最漂亮而风情万种的花，也应该是在这里。

喜洲古镇城北之外，有一座坐西朝东的院落。这是号称"喜洲八大家"之一杨家的老宅。喜洲还有四大家，是喜洲最有名、最富有的人家，八大家略逊一筹，因此，它被挤在城外，想是当年喜洲城盖房之热，和我们现在一样，商业带动房地产开发，城里没有了地皮，便扩城而延伸到城外。即便如此，杨家大院也非同一般，四重院落，前两院住人，第三院是马厩，最后一院是花园。可惜的是，后花园早被毁掉，现在栽种的都是后来补种的花卉，笔管条直，如同课堂里的小学生，缺少了点儿生气。

后花园院墙上有开阔的露台，爬上去，前可以眺望洱海，后可以眺望苍山，视野一下子开阔。坐在露台上品普洱茶，忽然看见杨家院墙满满一面墙，开满着爆竹花。这种花花朵硕大，像爆竹，被白族人称为爆竹花。这种花呈明黄色，在所有的花中，颜色格外跳，十分艳丽。满满一面墙的爆竹花，在夕照映衬下，像一列花车在嘹亮的铜管乐中开来，让整个院子都像燃烧了一样。这是我见到的最不遮掩、最奔放的花墙了。

离开喜洲古镇前，在一家很普通的小院的院墙前，看到爬满墙头的一丛丛淡紫色的小花。叶子很密，花很小，如米粒，呈四瓣，暮霭四垂，如果不仔细看，很容易忽略。我问当地的一位白族小姑娘这叫什么花。她想了半天说："我不知道怎么说，用我们白族话的语音，叫作'白竺'。这个'竺'字，是我写下的。"她也不知道应该是哪个字更合适。不过，她告诉我，这种花虽小，却也是白族人院子里常常爱种的。白族人爱种的花，可是真不少。小姑娘又告诉我，白族人的这个"白竺"，翻译成汉语，是"希望"的意思。

这可真是一个吉祥的好花名。

2014 年 11 月 14 日记于大理

| 南疆，一枚金色的书签

南疆是金色的。

横亘新疆的塔克拉玛干沙漠，在南疆，一望无垠，连接着天与地、神与人那遥远渺茫而神秘的界限，在西北格外高远的蓝天的映衬下，在紫外线格外强烈的阳光的照射下，沙漠浸透着无边无际的金色。那种纯正的金色，似乎从每一粒沙砾中都可以提取出金子来。

这种金色，可以说是涂抹在整个南疆的底色，在中国，这是任何一地旅游中都无法看到的风光。在江南的春天，可以看到绿色的山水；在北国的冬天，可以看到银色的冰雪；在中原的秋天，可以看到火红的枫叶……但是，你要想看到这样壮丽恢宏的金色的沙漠，必要到南疆，舍此其谁，别无选择。

不过，如果你以为南疆只是沙漠一片地表的荒凉、一种色彩的单调、一幅"一川碎石大如斗，随风满地石乱走"的枯寂画面，那你就错了。南疆的魅力，在于这样壮阔的沙漠背景中所蕴藏着的庙宇、千佛洞和古城遗址。它们相得益彰，构成了南疆人文与自然交相辉映的奇迹。

庙宇在各地都能够见到，但如果你不乘飞机而是坐汽车横穿塔克拉玛干之后来到喀什，见到那金碧辉煌的清真寺的时候，那感觉是不一样的。因有了漫长旅途的期待，更因有和天一样宽广的沙漠的依托与对比，那彩色的清真寺才会在你的眼前立刻为之一亮，仿佛在茫茫的黑夜里看到了灿烂的星星，和在星星闪烁下出现的童话般的辉煌的宫殿一样。风景，如同戏剧中的人物出场一样，南疆独有的沙漠无疑起了烘云托月的作用。金色和彩色的色彩相比，才会显得如此炫目。这让我想起在土耳其的伊斯坦布尔见到的蓝色清真寺，在蔚蓝色的博斯普鲁斯海峡涌动的海水的映衬下，才显得那样的壮观。南疆的沙漠，与伊斯坦布尔的海水，作用是一样的，化学反应似的，衬托得清真寺那样的不同凡响，金色的沙漠和蔚蓝色的海水，是清真寺的背景，如果没有了这样的背景，怎么可以迸射出它们如此的辉煌？

千佛洞，无论是库车的克孜尔尕哈的千佛洞，还是新和的托呼拉克埃肯木千佛洞，本身无疑就因有佛光聚集而辉映着灿烂的金色。这种佛光与沙漠的金色相互辉映，彼此增添着金色的浓度和纯度，千佛洞，诞生在这样的沙漠之中，才显示着它的神秘与古老。

沙漠的苍老和沧桑，如老人一样保护着它们，让它们在沙漠的腹地，在历史的深处，免受伤害而能够长久地保鲜存真。也让它们历史的厚重如树的年轮一样层层叠加那样的醒目，不用任何标签，一眼就能够看得出来。那是在真正岁月雕刻下的皱纹，而不是现代化妆术后的形象。同样，沙漠因有了这样的一座座千佛洞的存在而有佛光的普照，才让沙漠中的每一粒沙砾格外金光灿灿，让在自然中、在俗世中的沙砾有神圣的光芒，让你膜拜，禁不住跪拜在沙漠之中，双手捧起沙砾，让沙砾从指缝间沙漏一般流溢而出，让你感到温度，感到力度，感到茫茫天地之间的渺小和自然与神的伟大。

那些散落在南疆沙漠中的古城遗址，交河故城也好，唐兰遗址也罢，或是楼兰古城、苏巴什古城、乌什喀特古城、唐奥依古城、库尔勒古城……都是南疆的奇迹。它们是南疆闪烁在今天的眼睛，它们是活在历史中的灵魂。记得那一年，我去库车的苏巴什古城，是一个落日洒满天地之间的黄昏。山是金色的，沙漠是金色的，古城的断壁残垣也都是金色的。粗犷、空旷而荒凉的景色，天和地，风和日都加入了景色之中，成为景色中独一无二的元素，更容易让人荡涤心胸，感受到与大自然的相通，和历史的接近。那样的景色，是都市的人造景观无法相比的，是那种油饰一新的仿古景观更无法相比的。在这样的景色中徜徉，古龟兹国的威风凛凛，出征西域的班超的金戈铁马，似乎都显得那样的近，仿佛就在身边不远的地方，在那座古城堡的黄色山丘后面藏着，只要我们一声招呼，它们，还有那万千将士和战马都可能呼啸着奔涌而出。四围山色，一鞭残阳，万里戈壁，迎风怀想，那样的旅程，是和小桥流水，和桃红柳绿，完全不在一个段位之上。

南疆的魅力，还在于在这样壮丽的沙漠中所蕴藏有一条壮丽的河流——莽莽苍苍的塔里木河，和河两岸各自延伸四十公里的莽莽苍苍的胡杨林。

金色的南疆，如果说是一座用金子打造而成的宫殿，也正是因为有了这样丰富的人文与自然风光的参与，南疆这一份炫目的金色才丰富起来。如果说庙宇、千佛洞、古城遗址，是南疆雄性的体现，那么，塔里木河和胡杨林则是它女性的象征。

只要你一踏进南疆，你就被这样丰富多彩的金色所包围，所淹没，便把你自己也锻造成了一枚金色的书签，夹在你回忆的纪念册里了。

德天瀑布

德天瀑布，其实在那里漂亮地存在了几百万年，甚至上千万年了。但是，我们不知道。我们知道贵州的黄果树瀑布，知道黄河上的壶口瀑布，知道因李白诗句闻名的庐山瀑布，甚至知道横跨美国加拿大两国的尼亚加拉大瀑布……但不知道这个世界上还有一个一点也不比它们差的德天瀑布。德天瀑布只是一任自己在夏季赤身裸体敞亮而痛快淋漓地飞驰着，在冬季枯水季节里瘦弯了腰肢，披上了金色落叶的裙裾袅娜地游泳流淌着，和"寂寞开无主"的山间野花一样，花开花落不间断，春来春去不相关。

自然界的风光，美丽不在于人们知道后对它的赏识，而在于自身在寂寞中成全了自己的女儿身。人们不知道它之前，哪怕经历了千万年悠长的岁月，它依然能神奇地保持着自己的青春，而当人们一知道它之后，它便极其容易地迅速衰老。

出广西南宁往西走 100 多公里，到大新县城再往西南走，看见路越走越细，当两边的山峰一座座忽然变得像是桂林般的秀丽模样，青翠欲滴地挽着手迎面走来，山脚下开始淌起清澈而清白得不带一点污染杂质的河流，河边长满婀娜多姿的凤尾竹、古老参天的木棉树时，德天瀑布就在眼前不远的地方了。爬上高高的山坡，眼前是一片蓝得水洗了一般，洁净得近乎透明的蓝天。

突然听到一阵阵轰鸣声，似乎是从那蓝天的深处由远而近地訇然抵达你的耳畔。轰鸣声浑厚，却不像雷声那样带有嘈杂的喧嚣，而是夹带着湿润的气息，仿佛服用了金嗓子喉宝似的，声音里浸润着晶莹的水珠，听来如同嘹亮而清新的法国圆号或木管，从悠悠的云层中荡漾在你的面前。那花开一般绽放出层层涟漪的，就是德天瀑布。

这时，我们已经站在了高高的山坡上，德天瀑布在脚下一览无余。它的后面便是越南的土地，它的右边还有一条瀑布，但已属于越南了。如果是夏天，这两条瀑布会连在一起，浩浩荡荡地飞奔而下，会像是一支巨大的排箫，千孔万孔地喷涌出冲天的水柱，奏响轰天的交响，在天地之间响彻激越的回音，义无反顾地投奔在烈阳蓝天之下，迸碎出万千朵如雪的浪花。有时，会想山和山永远不可能走到一起，但水哪怕隔开得再远，也可能走到一起。眼前的德天瀑布不就是这样吗？在冬天它们会分离，在夏天就又走到一起，说它们是跨国瀑布当然可以，说它们像是一对情人瀑布，不也分外恰当吗？

水墨仙境楠溪江

在中国，有名的江很多，比如北方的松花江、黑龙江……一听这些名字，就透着豪爽的气派；南方的漓江、邕江……这些名字则有着独有的细腻和秀丽。楠溪江，这名字还显得有些稚嫩，不如上面那些江叫得响亮。但它现在有一个最独特的优势，那就是它的清澈，三百里蜿蜒流淌下来，没有一点污染。

这样清澈的江，不要说在中国，就是在世界也实在是太少了。原来，我认为中国最美的江要数漓江了。三十多年前，第一次看到漓江，真被它陶醉了，那美丽的江，山在江上映出美丽的倒影，水墨画一样，仙境一般……如今已经被污染了。原来，我以为世界上多瑙河、莱茵河是蔚蓝无比，清澈透明犹如雪莱的诗句。但几年前真正地走到它们的跟前，看见它们也一样地被污染了。

然而，楠溪江，没有污染，举世皆浊唯我独清！这一条，就可以让楠溪江骄傲而独立于世，让所有那些变得浑浊的江河向它竞折腰。

楠溪江位于浙江永嘉县内，从上游石桅岩流到下游狮子岩，流过三十六湾七十二滩，流过了千年百年，就这样一直没有一点污染地流着，不带一丝杂质地流着，清澈而清白地流着，真是人间的一个奇迹。

我想清澈这个词应该是专为它而设置的，因为水透明得已经没有了深度，水底的鹅卵石、水草和小鱼，仿佛就在眼前，伸手摸它们，其实还在很深的地方。

清白这个词应该也是专因它而有了意义，阳光不仅仅照射在水面上，能一下子照射在水底，反射上来，和阳光逗着玩，闪烁着迷离跳跃的光斑，只有它不为所动，依然是那样透明干净，气定神闲，宁静致远。

最好是乘坐竹排顺江而下，水在脚下，一路迤逦亲近着你，湿润而温馨，最能体味楠溪江的美妙，处处入画，处处是诗。竹排没有污染，才会和江水那样亲密无间，我们也才会体会到水如净土、鱼若行空的澄净透明。能见到远处的蚱蜢舟和船头的鱼鹰，如国画中点染出的水渍墨晕，静静的超凡入圣一般，方显出江水在平缓而幽美地流动。两岸的滩林婆娑摇曳，杨树、枫树、松树、杨梅树，尽情地舒展着腰身，像是一江平静的碧水长出了婀娜多姿的秀发，随风飘逸，显出楠溪江风情万种的一面。在六月杨梅成熟的季节里，是最好不过的了，滩林中杨梅树红红的，晶莹得一闪一闪，仿佛小小的精灵，更让楠溪江彻底地活了起来。

都说女儿是水做的，那得是好水，就像楠溪江的水一样。其实，反过来可以说好水也是女儿做的，楠溪江就是好女儿做成的，是那种藏在深闺的漂亮女儿做的。这一点很重要，藏在深闺的漂亮，是没有污染的漂亮，是清水出芙蓉、天然去雕饰的漂亮，一派天籁，清新纯真。走出深闺，尤其是走到热闹地方的漂亮，往往是世俗的漂亮，是化妆的漂亮。如果说后者可能比楠溪江有名，那只是明星，楠溪江则是山里的小姑娘。明星可以有人工切割的双眼皮和粘上的眼睫毛，却永远不会有山里小姑娘如同楠溪江水一样清澈明亮的眼睛。

还要说一句，楠溪江上那些汲溪碇步（古时称"过水明梁"），实在是太漂亮了。那是楠溪江独特的风景，是用一块块方方正正的蝶石垒在楠溪江中，刚刚高过水面，每块石碇间有一段小小的间隔，横躺在水中，像一只美丽的口琴，江水从中潺潺流过，吹响清亮的乐章，那是只属于楠溪江自己的旋律。

汲溪碇步在楠溪江起着桥的作用，却没有桥的高高在上，人们走在石碇上，和水是那样亲近，水可以随时像鱼儿伸出的嘴一样，唱唱地舔着人的脚；人也可以随时弯下腰来，掬一捧水喝，便把一江湿润而清澈响亮的音符也饮进腹中了。

实在要修桥也是没办法避免的事，但千万别在楠溪江上人工修建过多的桥，汲溪碇步就是楠溪江最好最漂亮的桥。如果说楠溪江是山里小姑娘明亮得不染一点云翳的眼睛，汲溪碇步就是一道道自然而恰到好处的眉毛。

天坛墙根儿小记

天坛是明朝永乐年间所建，在北京城，是一座老园林，论辈分，颐和园都无法和它相比。如今，天坛在二环以里，交通方便，游人如织。我小时候，也就是20世纪50年代，天坛尚处城外，比较荒僻，四周大多一片农田、菜地或破旧的贫民住所。那时候，没有辟开东门，在东门这个地方，天坛的外墙有一个豁口，我们一帮孩子常踩着碎砖乱瓦，从这个豁口翻进天坛，省去了门票钱。记得那时的门票只要一分钱。

体育馆以及南边的跳伞塔和东边的幸福大街的居民区先后建成，有一路有轨电车叮叮当当开到这里，体育馆是终点站，到天坛才方便了些。天坛后来开了一扇东门，周围渐渐热闹起来，荒郊野外的感觉，在城市化的进程中被打破而成了历史的记忆。

记得小时候，我和小伙伴们有时会到天坛墙根儿玩。也怪，记不大清进天坛里面玩的事情了，只记得在天坛墙根儿黄昏捉蛐蛐，雨前逮蜻蜓的疯玩情景。那时候，家住打磨厂，穿过北桥湾和南桥湾，就到了金鱼池，过了金鱼池，就到了天坛墙根儿底下了，很近便。

后读陈宗蕃先生的《燕都丛考》，他说："天坛明永乐十八年建，缭以垣墙，周九里十三步，今仍之。"他计算得真精确，连多出的那十三步都丈量出来了。他说的"今仍之"的"今"，指的是民国二三十年。后来，天坛这一道九里十三步的外墙，被后建起来的单位和民居蚕食了不少。不过，西从天桥南口，东至金鱼池，也就是到如今的天坛东门这一带的外墙还完整。我小时候所到的天坛墙根儿，指的就是这一段。这一段墙根儿，一直到 20 世纪 90 年代初，是各种个体小摊贩的天下，紧贴墙根儿，一溜儿逶迤，色彩纷呈。靠近天坛东门，还有一处专卖花卉的小市场，好不热闹，颇似旧书中记载的清末民初时金鱼池一带平民百姓为生计结棚列肆的旧景再现，历史真有着惊人的相似。

天坛墙根儿内外，据说曾经生长有益母草，颇为引人眼目。《宸垣识略》中说："天坛井泉甘冽，居人取汲焉。又生龙须菜，又益母草，羽士炼膏以售，妇科甚效。"《析津日记》里也说："天坛生龙须菜，清明后都人以鬻于市，其茎食之甚脆。"

这都是前朝旧景，天坛井泉和益母草早就没有了。不过，我小时候，天坛有马齿苋。马齿苋没有益母草那样高贵，只是老北京普通百姓吃的一种野菜，想来，因其普通，生命力才更为旺盛，春来春去，一直延续生长，比益母草存活的年头更长一些。

就像益母草是学名，民间叫它龙须菜；马齿苋也是学名，旧日老北京人俗称之为长命菜，同益母草一样，也有药用。益母草须清明前后食之，马齿苋得到夏至这一天吃才有效。这固然属于民间传说，但也不无道理，因为夏至过后，是北京人称之为的"恶五月"，天一热，虫害多了起来，疾病也容易多起来。吃马齿苋，可以消病祛灾，保佑长命。这一传统，有什么科学道理，我不懂，但和节气相关，来自民俗与民间，延续了很久。我母亲在世的时候，每年这时候都要到天坛墙根儿挖这种马齿苋。特别是在 20 世纪 60 年代闹饥荒的年月，粮食不够吃，母亲常带着我和弟弟一起去挖，回家洗洗剁碎了包菜团子吃。

如今，漫说天坛墙根儿找不到一根马齿苋，就是到天坛里面也找不到了。如今的天坛里面，原来空出的那些黄土地，早都种上了花草，春天是二月兰，夏天是玉簪，秋天，挖去一些草坪上的草，补种些太阳菊、串红、凤仙花、孔雀草等人工培植、剪裁整齐的花朵。

很长一段时间，沿着天坛墙根儿，尤其是西南和东南的一些地方，被后建的房屋侵占和蚕食，其中最突出的是天坛医院和口腔医院，还有便是一片民居，如 20 世纪六七十年代在天坛东里盖起的一片为数不少的简易楼。如今，为了北京中轴线申遗，这些建筑绝大多数或腾退或迁移，还原了当年天坛轩豁的盛景，中间被外面楼房所阻断的地方被打通，天坛的墙根儿终于可以连接起来，几近陈宗蕃先生在《燕都丛考》中考察的那样，有着九里十三步的长度了。

人们往往只记着祈年殿清末时曾被大火烧毁的经历，其实，在历史的变迁之中，天坛墙根儿的命运一样跌宕周折，而且，缠裹的周期更长。如果说天坛是一本大书，祈年殿是天坛最为醒目的内容，那么墙根儿则是这本书的封面，或是封面上必不可少的腰封。

如今，天坛的墙根儿内修了一条平坦的甬道。西南和东南方向曾被阻断，甬道的有些地方便成了"盲肠"，后来，甬道彻底连接起来，如同循环畅通的水流。如今的墙根儿内，成了北京人晨练的好去处。每天清早，都会有好多人，身上穿着运动服，手腕上戴着计步器，在这里跑步或走步，即使雨雪天，也有不懈者在坚持。由于天坛外墙是一个圆，这条连接着东门、北门、西门和南门的圆形甬道，变成了运动场的一条塔当跑道。当初，建天坛的时候，古人认为天圆地方，是要让它和天相对应，是为了祭天，表达对天的景仰，哪里会想到如今可以蔓延出运动健身的新功能。

如今的天坛墙根儿外面，被整理维修得整整齐齐，曾经出现的琳琅满目的个体户小摊，统统没有了踪影，一切像被吸水纸吸得干干净净。34 路、35 路、36 路、72 路、60 路、106 路好多路公交车，来往奔驰在天坛墙根儿下。每次经过天坛墙根儿或进天坛里面的时候，都会忍不住想起这一切，特别是马齿苋。才觉得时间并非如水一样一去不返，因有过它们的存在，便有了物证一般，让流逝的时间不仅是可以追怀的，也是可以触摸的。

关于天坛墙根儿，还得说一件事。我有一个中学同窗好友，叫王仁兴。他刻苦好学，学习成绩一直很好，初中毕业，却因家庭生活困难，无法上高中继续读书，早早参加了工作。这让我很替他惋惜。我到过他家，在天桥附近，近似贫民窟。从他家出来后，走在车水马龙的大街上，我理解了他的选择，更理解了他的心情。

1968 年，我去北大荒，两年后，回家探亲，有一天去大栅栏，路过珠宝市街，在壹条龙饭庄的后面，看见他坐在那里剥葱。他不甘心命运的安排，靠着刻苦自学，最终从一名店小二成为一位研究中国食品史的学者。他面对命运艰难曲折的奋争，很是让我佩服。最近，他厚厚的 600 多页的大书《国菜精华》，由三联书店出版，他打电话给我，问清我的地址，要把书快递给我，顺便告诉我，他搬家了。

当我听他说搬到了金鱼池，心里有些吃惊。他原来住广安门，楼房质量高，居住面积宽敞，换到金鱼池，面积缩小了不少不说，金鱼池一带的房子质量远不如他原来的房子。我有些不解，如今，房子很是值钱，这么换房，值得吗？

他告诉我："我一直有个夙愿，就是有一天能把家搬到天坛墙根儿来。现在，终于搬来了。告诉你，每天想逛天坛过了马路就是，近便不说，一到晚上，夜深人静，把窗子打开，就能听见天坛里风吹来松柏滔滔的声音，你知道那是什么感觉吗？"

他没有说那是什么感觉。他就是为听这松柏涛声，放弃了宽敞的好房子，搬到天坛墙根儿下。

王仁兴有些与众不同。在我的同学中，像他这样与众不同的，不多。就为了贴近天坛墙根儿，每天夜里都感受到从天坛里面吹来的看不见摸不着的松风柏韵？如此对天坛墙根儿富有感情的，我找不出第二人。

胡杨树

　　我从来没有见过这样的树。我完全被它惊呆、慑服，为它心潮澎湃而热血沸腾。真的，平淡的生活中，很难有这样的人与事，让我能够如此激动以至血液中腾起炽烈的火焰，更别说司空见惯的被污染的大气层玷污得灰蒙蒙的树了。这样的树却让我精神一振，一下子涌出生命本有的那种铺天卷地摧枯拉朽的力量来。

　　这便是胡杨树！

　　这样的树只有这大漠荒原中才能够见到。站在清冽而奔腾的塔里木河河畔，纵目眺望南北两岸莽莽苍苍的胡杨林，我的心中感受到一种从未有过的震撼，如同那汹涌的河水冲击着我的心房。

　　塔里木河两岸各自纵深四十余公里，是胡杨的领地。前后一片绿色，与包围着它的浓重的浑黄做着动人心魄的对比。这一片浓重的颜色波动着，翻涌着，连天铺地，是这里最为醒目的风景线。

真的，只要看见这样的树，其他的树都太孱弱渺小了。都说银杏树古老，一树金黄的小扇子扇着不尽的悠悠古风，能比得上胡杨吗？一亿三千五百万年前，胡杨就生存在这个地球上了。都说松柏苍翠，经风霜不凋如叶针般坚贞不屈，能比得上胡杨吗？胡杨不畏严寒酷暑，不怕风沙干旱，活着不死一千年，死后不倒一千年，倒地不烂又一千年，松柏抵得上它这三千年如此顽强的生命力和宁折不弯、宁死不朽的性格吗？更不要说纤纤如丝摇弯腰枝的杨柳，一抹胭脂红取媚于春风的桃李，不敢见一片冰雪花的柠檬桉，不能离开温柔水乡的老榕树……

胡杨！只有胡杨挺立在塔里木河河畔，四十公里方阵一般，横空出世，威风凛凛。无风时，它们在阳光下岿然不动，肃穆超然犹如静禅，仪态万千犹如根雕——世上永远难以匹敌的如此巨大苍莽而诡谲的根雕。它们静观世上风云变幻，日落日出，将无限心事埋在心底。它们每一棵树都是一首经得住咀嚼和思考的无言诗！

劲风掠过时，它们纷披的枝条抖动着，如同金戈铁马呼啸而来，如同惊涛骇浪翻卷而来。它们狂放不羁地啸叫，它们让世界看到的是男儿心是英雄气是泼墨如云的大手笔，是世上穿戴越来越花哨却越来越难遮掩单薄的人们所久违的一种力量，一种精神！

远处望去，它们显得粗糙，近乎凡·高笔下的矿工速写和罗中立笔下的父亲皱纹斑斑的脸。但它们都苍浑而凝重，遒劲而突兀，每一棵树都犹如从奥林匹亚山擎着火把向你奔来的古希腊男子汉。

走近看，每一棵树的树皮都皱裂着粗粗大大的口子，那是岁月的标记，是风沙的纪念，如同漂洋过海探险归来的航船，桅杆和帆上挂满千疮百孔，每一处疤痕都是一枚携风兵雷的奖章。每一棵树的树干都扭曲着，如同剽悍的弓箭手拉开强劲的弓弩，绷开一身赤铜色凸起饱绽的肌肉。每一棵的树枝都旋风般直指天空，如同喷吐出的蛇信，摇曳升腾的绿色火焰。

这样的树，饱经沧桑，参悟人生。它们把最深沉的情感埋在根底，把最坚定的信念写在枝条，把要倾吐的一切付与飞沙走石与日月星辰。这样的树，永远不会和大都市用旋转喷水龙头浇灌的树、豪华宴会厅中被修剪得平整犹如女人刚剪过发的树雷同。

我会永远珍惜并景仰这种树！我摘下几片胡杨树叶带回北京，那是儿子专门嘱咐我带给他的。树叶很小，上面有许多褐色斑点，如同锈的痕迹，比柳树叶还要窄、短，甚至丑陋。但儿子说北京没有这种树。是的，北京没有。

｜ 林荫路

世上的路有许多。平坦的大道、花开的小路、鹅卵石铺就的曲径、霓虹灯闪烁的商街……都无法与林荫路相比。

林荫路，阳光被树叶滤就是绿色的；月光被树叶吹拂是摇曳的；风吹进来，夹有树木和泥土的清新；而且，还会有鸟鸣，啁啾的歌唱，和林子一起遮挡住人世的喧嚣和纷扰。

林荫路，是大自然为繁华却也嘈杂的城市专门创造的清洗带。

常想起林荫路。因为我们城市的高楼大厦和立交桥建得越来越豪华，却越来越忽略建设或有意无意破坏这样的林荫路。

林荫路，便越发让人向往。能在这样幽静而没有市声沸腾的林荫路上散步，已经是我们一个过于奢侈的梦。

达尔文晚年居住的汤恩家旁，有一条林荫路，两边长满茂密的印章树、桦树、黄杨和橡树，浓荫匝地，清新宜人。这条林荫路，被达尔文自己称为"散步道"，他每日都要走上好几个来回，背后跟着他那条叫波里的忠实的狗。这时的达尔文充满童趣，他要在林荫路上堆起一堆石子，每走一次踢走一块石子，一直到走累为止。如果孩子在时（达尔文有六男四女共十个孩子），他会和孩子一起玩耍，解答孩子提出的问题，林荫路上飘散着欢快的笑声。如果是他独自一人，他通常要观察这里的鸟和其他小动物，小松鼠会毫不犹豫地跳到他的身上，急得树上的母松鼠吱吱乱叫。有时候，达尔文还能看见狐狸依在树下打盹，林荫路上弥漫着童话的色彩。

卢梭晚年虽然孤独凄清，巴黎郊外的林荫路却曾陪伴他八年的时间，他经常在林荫路上散步。罗曼·罗兰说他"像一只衰老的、悲鸣的夜莺在寂寥的林中发出低低的奏唱"。林荫路，给他安慰，让他缅怀，令他沉思绵绵、遐想悠悠。如果没有林荫路上的散步，他不会写下那部有名的《一个孤独的散步者的遐思》，他悲鸣的奏唱也变不成深邃的文字。

林荫路，给了卢梭人所不能给予他的欢乐，还在于他能够在林荫路上，或通过林荫路到附近的田野和树林采集到他晚年钟爱的标本。这样植物标本的采集，这样林荫路与生命的追随，一直到卢梭逝世为止。在上述那本书中，他曾这样写道："1776 年 10 月 24日星期四，午饭后，我沿着林荫路径直走到谢曼韦街……"他意外发现了极为罕见的开着黄花的毛莲菜、镰叶柴胡和开着白花的水生卷耳草，他竟独自一人"在那儿乐了好一阵子"。还是在这本书中，他写道："我只有在忘掉自己时才更韵味无穷地进行默思和遐想，并感到那莫可名状的欣悦和陶醉，可以说，我融化到万物的体系之中，与整个大自然浑然一体了。"

达尔文的"散步道"，我没有去过，只能想象着它的幽深和静谧。巴黎的郊外，我是去过的，那宽阔而浓郁的林荫道，确实令人神往，不知哪一条是当年卢梭曾经漫步的林荫路？那一条条林荫路，一直通向芬芳的原野和遥远的地平线。真希望也能够踏上去，寻找回那种感情、沉思和遐想。想想，有些伤感，恐怕那只是一个早已逝去或遥不可及的梦了。

不过，再想想，也并不全是。只要有树，只要有路，它们婚配在一起，林荫路就不会消失，就不会总被达尔文或卢梭一人独享。

如今，还能够找到达尔文和卢梭当年散步的美妙的林荫路吗？还能够看得到小松鼠和红狐狸吗？还能够看得到毛莲菜和卷耳草吗？还能够找到那种弥漫的童话的色彩吗？还能够找到那种与大自然浑然一体的感觉吗？

那一年春天在青岛八大关，一条林荫路上樱花如雪盛开，林荫路上静得能听见花瓣落地的声音。一对披戴盛装的新郎新娘，正向林荫深处走去，突然，新郎一把抱起新娘，林荫路送他们一树树花影摇曳，路的尽头就是大海。还有什么地方比在这里举行婚礼更动人呢？这里的每棵树都是他们的伴郎和伴娘，这里的每朵花都为他们祝福祈愿。

那一年夏天，我到西班牙的巴塞罗那，在蒙椎克山上，我遇到一群唱歌的孩子，其中一个女孩子拉着手风琴，其他孩子尽情地唱，旁若无人，摇头摆尾，像一群快乐的小鸟。林荫路上，几乎没有什么人，静悄悄，绿茵浓得像一潭深深的湖水。这群孩子不为什么人而唱，也不是为找个安静的地方来排练。我不知道他们为什么非要跑到林荫路上来唱，但还有什么别的地方比这里更让人感动的呢？盘山道通向山顶，浓荫滴下回声，我虽然听不懂一句歌词，却被他们的歌声感动，悄悄地绕开他们走去，不忍心惊动他们。

如果说林荫路能够给予我们童话般的色彩，以及与大自然浑然一体的感觉，青岛和巴塞罗那的林荫路，恐怕就是这样的吧。这样漂亮的林荫路，如今还能够找得到吗？

｜ 杜鹃，杜鹃

现在是看杜鹃花的时节。我国杜鹃花的产地极多，但有两处的杜鹃，最让人难忘，非常值得一看。

一处是湖南九嶷山的杜鹃花，九嶷山的杜鹃在 4 月开花。《史记》中记载："（舜）南巡狩，崩于苍梧之野，葬于江南九疑。"人们都知道九嶷山的湘妃竹，因舜帝葬于此而闻名，不大知道九嶷山的杜鹃，是因为传说中的娥皇和女英两位妃子千里迢迢逆潇水而上到九嶷，一路哭来，泪水滴落在竹上，紫痕斑斑，千年不落，才有了诗句"斑竹一枝千滴泪，红霞万朵百重衣"。其实，娥皇和女英的泪水不仅滴在湘妃竹上，也滴落在杜鹃花上面。九嶷山的杜鹃一样有名，而且应该说比湘妃竹更动人。动人的是传说中说，舜帝未死之前，九嶷山漫山遍野开的都是红杜鹃，在舜帝倒地那一瞬间，满山的红杜鹃都齐刷刷地变成了白杜鹃，摇曳着齐为舜帝致哀。

连杜鹃花都知道舜帝教当地人制茶、办学堂，最后为百姓伏蟒受毒致死，而深得百姓的爱戴和怀念，才有了这样神话般的感应。想想一山的杜鹃在顷刻之间有了灵性，变了颜色，花随风摇，带动着巍巍高山也颜色陡变而随之摇曳，杜鹃摇曳着祭祀的白绸，山谷响彻悲恸的风声，该是多么壮丽的场面。从此，九嶷山每年 4 月，都是既开红杜鹃，也开白杜鹃。如今这时候到九嶷山，满山的红白杜鹃，扑扇着红白一对翅膀，把整个九嶷山带动得都飞起来似的，会让人迎风遥想，染上历史回味和岁月沧桑的杜鹃，不是一朵，也不是一丛、一片，而是漫山遍野怒放的红杜鹃、白杜鹃，真的是杜鹃之交响。

另一处是云南香格里拉碧塔海的杜鹃花，它们比九嶷山的杜鹃开得晚些，要在 5 月开花。碧塔海藏在香格里拉深处，一围群山，四处草甸，漫天清澈得像母亲怀抱那高原特有的天光云色，将碧塔海衬托得分外幽静而神秘。碧塔海周围遍布杜鹃花林，高原的红杜鹃，开得烂漫如火，似乎因为离着太阳近，把灿烂的阳光都吸收进花蕊里面，每一朵都红得像是要破裂得流淌下红色的汁液来，更是特别粗犷妖冶，肆无忌惮。

山野的风吹来，成片的杜鹃花约好了似的，"飞流直下三千尺"的瀑布一样飘落进碧塔海中，红艳艳一片，一天霞光云锦般地漂浮在水面上，燃烧的血一样荡漾。这时，会有成群的鱼闻香扑面游来，像是奔赴一年一次的情人约会而浩浩荡荡，争先恐后，那一份浪漫的豪情，如同高原上掠过的长风，一泻千里，无遮无拦。高原的鱼和花真是一样的秉性，也是豪放得很，喁喁着小嘴，贪婪地吞吃杜鹃花瓣，如同高原贪杯的汉子一样，不喝醉不会放下酒杯，吞吃杜鹃花瓣的鱼，便成群成片地醉倒，漂浮在碧塔海之上，成为高原最美丽的一景。当地人称之为"杜鹃醉鱼"。那种粗犷之中蕴含的平原湖泊中难得的浪漫（我们见惯的鱼大多被高科技的鱼食养得过于肥硕盛放于精致的鱼盘中，或养成华丽的观赏类金鱼置放于恒温的玻璃鱼缸里），首先得益于红杜鹃托风传媒，慷慨地举身赴清池的浪漫，方才与鱼相得益彰，如此风情万种，将碧塔海变成红塔海，让人叹为观止。

如果九嶷山的杜鹃是壮丽的杜鹃，碧塔海的杜鹃则是浪漫的杜鹃。

如果九嶷山的杜鹃属于神话，碧塔海的杜鹃则属于童话。

河边的椅子

我第一次见到这样的椅子，是在普林斯顿旁的达拉威尔河边。

其实，只是一种防腐木做成的普通长椅，没有油漆，很朴素，在公园里常见。但是，椅子的后背钉有一块小小的铜牌，上面刻着几行小字，是孩子纪念逝世的父母，最后是两个孩子的署名，一个叫安妮，一个叫斯特凡。

也许，是我见识浅陋，在国内未曾见过这样的椅子，因私人的介入，让公共空间飘荡着个人化的情感，并把这种情感与他人分享。很显然，这是叫安妮和斯特凡的两个孩子思念父母而捐助设立的长椅，很像我们这里在植树节里栽下的亲情树。这真的是一种很好的法子，既可以解决一部分公共事务的费用，又可以寄托私人的情感于更广阔的公共空间。可以想象，在平常的日子里，安妮和斯特凡来到这里坐坐这把长椅，对父母的思念会变得格外的实在和别样；而如我这样的陌生人偶然路过这里，坐坐这把长椅，会想起这样两个孝顺的孩子，和他们一起把思念付于河边绿树摇曳的清风中。

后来，我发现，在达拉威尔河边和它旁边的运河两岸，到处是这样的椅子，椅背上都钉有这样的小铜牌。捐助者通过这把普通的长椅，寄托着他们各种各样的感情，有对逝去的亲人的怀念，有对新婚夫妇的祝福，有对金婚银婚老人的祝贺，有对远方朋友的牵挂，有对尊敬老师的感激，有对儿时伙伴的问候，有对子女孙辈的心愿……普通的长椅，忽然变得不普通起来，仿佛成了盛满缤纷鲜花的花篮，盈盈盛满了这样芬芳美好的祝福；或者像是我们乡间古老的心愿树，枝叶间挂满人们各式各样心愿的红布条。那些平常看不见摸不着的各种情感，有了这样一把椅子的承载，一下子变得丰盈而别致，让人触手可摸了。

当然，人们表达情感，有许多方式，如今流行的是手机短信和贺卡。而这样的感情表达，似乎已经程式化、格式化，远不如河边的椅子的情感表达那样朴素，而且又和大自然融为一体。

后来，我发现并不仅仅在河边，在很多地方，包括小镇，也包括城市，在公园，在路边，在博物馆的花丛中，都有这样的椅子和我不期而遇。椅背上小小的铜牌，像是从椅子上开出的一朵朵金色的小花，喷吐着那些我永远也不会认识的陌生人的各种情感。虽然，人是陌生的，但那些情感是熟悉的，是亲切的，是放之四海而皆准的。在陌生的地方，每逢发现这样的椅子，我都要暗暗地惊喜一番，都要在椅子上坐一会儿，细细地品味一下捐助者通过这把椅子所要表达的情感，想象着他们会不会常常来看看这把椅子，就像常常来看望他们的亲人或朋友一样，坐开桑落酒，来把菊花枝，虽然恬淡，却明净清澈，宁静致远。

我对这样的椅子充满感情和想象，这样朴素而低调的情感表达方式，虽不可能完成对于人们感情的救赎，起码可以让我们回归质朴一些的原点上。

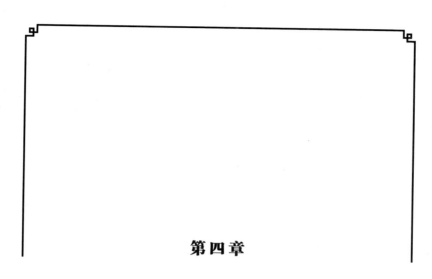

第四章

见已读书，如逢故人

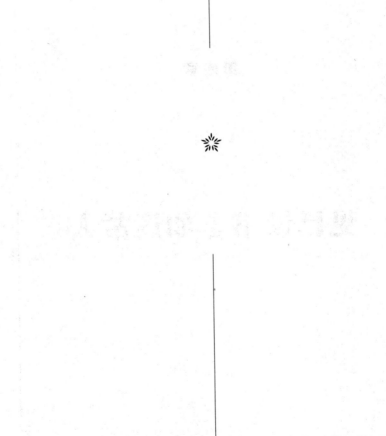

借书奇遇记

三十三年前，1971 年的冬天，我正在队里的猪号里干活，那天晚上，刮起了铺天盖地的"大烟泡儿"，饲养棚的门被推开了，是我的一个在场部兽医站工作的同学。从他们那里到我这里，走了整整九公里的风雪之路。他是特意来找我的，我以为出了什么事情。

他不容分说，匆忙地拉着我就走，外边的雪下得正猛，我们两人冲进风雪中，白茫茫的一片，立刻就吞没了我们。

一路上，我才知道，他们兽医站有一个叫作曹大肚子的人，是钉马掌的，不知怎么听说我特别想看书，就在那天的晚上要下班的时候，对我的这个同学讲："你让你的那个同学肖复兴来找我！他不是爱看书吗？"

虽然对这个曹大肚子心存疑惑，但也幻想着他备不住会藏龙卧虎。我们两人急匆匆地往兽医站赶。第二天一清早，曹大肚子出现在我们的面前，同学向他介绍我的时候，我看出他有几分惊讶。没有想到风雪之中我们是如此神速。

第一印象，是很深刻的。他中等个儿，很胖，穿着一身旧军装，挺着小山凸起的大肚子，双手背在身后，眼睛望着上面，似乎根本没有看我，有几分傲慢地问我："你都想看什么书呀？写个书单子给我吧！"

我当时心想，莫非这家伙真是有藏书，还是驴死不倒架摆这个派头？因为我知道他以前是我们农场办公室的主任，当过志愿军，1958 年随十万转业官兵到北大荒，"文革"中被批斗之后，被分配到兽医站钉马掌。但他那口气似乎不容置疑，半信半疑之中，我写下三本书的书名。到现在我依然清晰地记得，一本是亚里士多德的《诗学》，一本是伊萨科夫斯基的《论诗的秘密》，一本是艾青的《诗论》。说老实话，我心里是想为难他一下，别那么牛，这三本书就是在北京当时也不好找，别说在这荒凉的北大荒了。

谁想到，第二天一清早，他把用报纸包着的三本书递在我的手中，打开一看，居然一本不差。我对他不敢小看，不知水到底有多深。

在北大荒最后的两年，曹大肚子那里成了我的图书馆。但是，每一次借书，他都要我写个书单子，他回家去找，这成了一个铁打不动的规矩。一般他都能够找到，如果找不到，他就替我找几本相似的书借我。他从不邀请我到他家直接借书。我也理解，既然藏着这么多的书，他肯定不想让人知道，要知道那时候这些书都属于"封资修"，谁想惹火烧身呀？我便和他一直保持着这样的借书关系，每一次都跟地下工作者在秘密交换情报似的。

心里总是充满着好奇，这家伙到底藏着多少书？便蠢蠢欲动总想到他家里去看个究竟。这样的念头就像是皮球一次次被我压进水里，又一次次地浮出水面。

1974 年的春天，我离开了北大荒，就在我离开之前的那年秋天，我下决心不请自来到他家里去一探虚实。到现在也忘不了那个晚上，我刚刚推开他家的篱笆门，一条大黄狗汪汪叫着就扑了上来，一口咬在我的右腿上，把我扑倒在地。曹大肚子两口子闻声跑了出来，一看是我，把狗唤住牵过去后忙问："咬着没有？"幸亏我穿着毛裤，才没咬伤我的肉。不过，外面的裤子和里面的秋裤都被咬了个大口子。曹大肚子只好无可奈何地把我迎进门。

一进屋，我就四下打量，一间屋子半间炕，几把破椅子，一个长条柜，那些书都藏在哪里呢？曹大肚子知道我到他家来的目的，却还是像平常那样不动声色，递给我一张纸和一支笔，依然是老规矩，让我先写书名，然后拿起我写的书单子，没有任何表情地说了一句"我帮你找找看"。看来我被他家狗咬的惊险举动，根本没有感动他。

那次，我写的是陈登科的《风雷》、费定的《城与年》几个书名。他让我等等，自己一个人走出了屋。他老婆在里屋踩着缝纫机替我补被狗咬破的裤子，一时没注意我，缝纫机的声音很响，像是我怦怦的心跳声，我犹豫了一下，还是穿着一条秋裤，悄悄地跟着他走出了屋，只见他走进他家屋旁的一间小偏厦，那是一般家里放杂物和蔬菜的仓库。门很矮，他凸起的大肚子很碍事，弯腰走进去有些艰难。看他走进去了半天，我在犹豫是不是也跟着进去。那条大黄狗正吐着舌头，蹲在偏厦门口不远的地方，凶狠狠地望着我。我到底忍不住好奇心的诱惑，豁出去了，还是走了过去，一边走一边胆战心惊望着那狗，还好，它没叫唤，也没扑过来。

走进偏厦一看，好家伙，满满一地都是用木板钉的箱子，十几个，里面装的都是书。那一刻，我真的有些震惊，想不到一个老北大荒人，在那样偏僻的地方，居然能够拥有那么多的书，而且把这么多的书藏了下来，心里暗想，这得花多少工夫、精力和财力才能够做到啊。

曹大肚子正俯着身子，聚精会神地替我找书。我站在他的身后好久，他居然没有发现。门敞开着，风吹进来，吹得马灯的灯芯和他一样弓着，和他胖胖的弯腰的影子一起映在墙壁上，很像是一幅浓重的油画。

这时候，他回过头来，看见了我，他先是惊讶地眉毛一挑，然后嘿嘿地一笑，我也跟着他嘿嘿地一笑。那一刻，我到现在还清晰地记得，他的手正从箱子里拿出一本陈登科的《风雷》。

从此，他家对我门户开放。我非常感谢他和他的那些书，在那些充满寂寞也充满书荒的日子里，他家的那些书奇迹般地出现，让我感到荒凉的北大荒神奇的一面，让我对书、对这片土地，不敢小视、不敢怠慢、不敢轻薄，让那些日子有了丰富而温暖的回声。

书房梦

归有光写过一则短文，叫《杏花书屋记》。文章记述了他朋友父亲的一个梦："尝梦居一室，室旁杏花烂漫，诸子读书其间，声琅然出户外。"父亲将这个梦告诉儿子后，嘱咐道："他日当建一室，名之为杏花书屋，以志吾梦云。"

中国的读书人，谁都会有这样一个书屋之梦。坐拥书城，书房便不仅成为读书人被人认可的一个标志，也成为读书人对外拿得出手的或值得骄傲的一张名片。特别是在住房紧张，经济拮据的年代，书房更是很多读书人可望而不可即的一个梦。

具体到我自己，有这样一个梦，是我读初一的那一年。我的一个同学的父亲，是当时《北京日报》的总编辑。有一天，这位同学邀请我到他家去玩，我第一次见到了书房是什么样子，那一个紧挨一个的书柜里排列整齐的书籍，让我叹为观止。要是我也有这样一个书房该多好啊！梦在当时就这样不切实际地升腾……

当时，我连一个最简陋的书架都没有，我少得可怜的一些书，只好蜷缩在拥挤的家中墙角的一个只有区区两层的鞋架上。

没有书房，退而求其次，我的梦想是有一个书架也好。

我终于有了一个书架，是在那之后十四年的 1974 年，我从北大荒返回北京当中学老师。发了第一个月工资，便迫不及待地跑到前门大街的家具店，花了 22 块买回一个铁制书架。那时，我的工资一个月只有 42 块半。

起初，我的书还放不满书架。但是，没过两年，书就多得放不下了。一开始的书房之梦，如同冻蛇，僵而未死，蠢蠢欲动地复活了。

二十六年之后，我有了一间真正属于自己的比较宽敞的书房。两面墙摆满了当年同学家那样的书柜，书柜里也挤满了那样多花花绿绿的书。我也像当年同学父亲一样老了，在书房梦的颠簸中，青春一去不返。

短暂的兴奋，如绚丽的焰火，逝去后，忽然，我很是失落。

记得书放在鞋架子上的时候，那些书，翻来覆去，不知看过多少遍。

那个铁制书架上的书，我也都全部看过，不仅自己看，还推荐给朋友看。朋友来我家，最爱做的事情，就是到那个书架旁翻书，然后抽出一本，朗读一段，和我探讨，或者争论。那时候，书中仿佛真的会有黄金屋和颜如玉一般，令我们痴迷。

如今，书柜里的书拥挤不堪，已经扔掉很多，很多书自从买回，就没有看过，如今，我很少到书房。读书，写东西，都是躺在卧室的床上。

如今，朋友来，更很少到书房，我出的书，送给他们，他们都懒得看，哪里还有兴趣和热情去看不相识的别人的书？兴趣和热情，都放在手机上，除非我的文章被放在手机上，他们才兴致勃勃地扫几眼，然后，水过地皮湿，把它删掉，移情别恋，去读新的电子文章。

如今，书房沦落到只是一个摆设，一种虚饰。

归有光在那篇文章中，记述他的那个朋友后来在父亲逝去数年之后，遵照父亲的意愿，"于园中构屋五楹，贮书万卷，以公所命名，揭之楣间，周环艺以花果竹木。方春时，杏花粲发，恍如公昔年梦中矣"。古时，一楹是一间屋子，按照北京老四合院的规矩，一般是建有正房三间，已经足够宽敞了。五间屋的书房，足以放下他的万卷书。而这万卷书的命运，我猜想，尽管古人崇尚行万里路，读万卷书，但恐怕和我的书房里的那些书的命运一样，是不会被读完的，甚至有的连翻都不曾被翻过。

我想起早年前看过中国青年艺术剧院演出的一部话剧，是田汉先生的《丽人行》。剧中那个资本家的家里也放有一个书架，他的太太以前爱读书，书架放满了鲁迅的书，几年过后，书架上的书一本也没有了，放满了她各种各样的高跟鞋。

读书是一种修合

牛津大学教授约翰·凯里在他的《阅读的至乐》一书中这样说过："读书的特别之处在于——书籍这种媒介与电影电视媒介相比，具有不完美的缺陷。电影与电视所传递的图像几乎是完美的，看起来和它要表现的东西没有什么两样。印刷文字则不然，它们只是纸上的黑色标记，必须经过熟练读者的破译才能具有相应的意义。"

我赞同他的说法。电影和电视时代乃至网络时代的到来，使得农业时代传统的纸面阅读受到了强烈的冲击，约翰·凯里教授强调的"必须经过熟练读者的破译才能具有相应的意义"，对于今天我们读书而言，格外具有现实的意义。他其实就是告诉我们，如今的读书已经成为一种能力，只有具备了这种能力，才能读出书本中相应的意义，当然还有读书的乐趣。这种乐趣和意义，更注重心灵与精神的层面。

只是，我们现在常常容易忽略心灵与精神，而是更加重视挣钱、获取财富或升迁的能力。阅读的能力，越来越被我们忽略，或者仅仅沦为一种应付考试的实用的能力。和前人相比，我们读书的能力，已经大幅度地退步，起码和我们对财富能力的渴望与热度相比，不成比例。

但传统的纸面阅读，毕竟有着自己所不可取代的独特魅力。它古典式的宁静，以及在白纸黑字之间弥散着的想象力和慰藉感，是任何其他阅读方式不可比拟的，从而成为现代生活选择的一种美好的方式。它起码让我们的情感和心绪以及心灵，有了一个与之呼应而充满着悠扬回声的空间。好书总会给予我们一个与现实相对比和对应的空间。好书总能够让我们仰起头，不再只注意自己鼻尖底下那一点点，而重新看一看头顶浩瀚的天空，太阳还在明朗朗地照耀着，只不过太阳和风雨雷电同在。不要只看见了风雨雷电就以为太阳不存在了。

我国是一个拥有热爱读书传统的国家，读书应该成为我们民族不可或缺的内容之一，成为这个社会的良心，成为我们所有人感情、思想和精神的一种滋养。

读书确实是需要能力的，这样的能力，谁都需要学习，需要锻炼和培养。而这样的学习、锻炼和培养，首先需要跳出实用主义的泥沼，需要从孩子开始，从青春开始才行。因为读书和种庄稼一样，也是有季节性的，过了这村就没有这店。少年和青春时期读书，是最好的时期，最容易感受和吸收，最有利于自身心灵与精神的丰富和成长。我常会想起我小时候到青春时期的读书经历和那些读过的书，便会想，如果漫长的岁月里我没有读过这些书，会是什么样的状况？也许，日子照样过，依然活到了今天，但总觉得会缺少了点儿什么。缺少什么呢？我又说不清了，因为与看得见摸得着的过于实际的相比，它看不见摸不着，又不会那么实际实惠实用。细想一下，大概缺少的应该是阅读带给我的那种美感、善感和敏感，以及无穷的快感和乐趣吧？会让我的心粗糙而变成了一块千疮百孔的搓脚石了吧？是让我的精神贫瘠而变成荒原一样荒芜了吧？

有这样两句古语我很喜欢，也常以此告诫自己。

一句是放翁的诗"晨炊躬稼米，夜读世藏书"。它能让我想起我们的先人的读书情景，那时读书只是一种朴素的生活方式，自己一边煮自己躬身稼穑的米粥吃一边读书，而不是现在伴一杯咖啡的时髦或点缀。

另一句是明永乐年间开业的老药铺万全堂中的一副抱柱联："修合无人见，存心有天知。"说的虽是医德，其实也可做读书的座右铭，读书也是一种修合，不是给别人看的，也不是为别人读的，更不是为追求功名利禄的。读书人的德行，心知书知，天知地知。

2013 年 3 月于北京

大自然的情感

可能是虚构越发远离真实，脂粉过重让美人日渐打折，我现在对作家笔下的文字心存怀疑。便自立法门，其中之一，是看他们对大自然的态度和描写，来衡量其真伪与深浅。这是一张 pH 试纸，灵验得很。普里什文说过："在大自然中，谁也无法隐藏自己的心迹。"

一直喜欢普里什文。在这个有点浮躁的时代，没有一个人能够如普里什文倾其一生的情感和笔墨，专注书写大自然。

"我以为是微风过处，一张老树叶抖动了一下，却原来是第一只蝴蝶飞出来了。我以为是自己眼冒金花，却原来是第一朵花开放了。"谁能够有这样的眼睛？"在一支支春水流过的地方，如今是一条条花河。走在这花草似锦的地方，我感到心旷神怡，我想：'这么看来，浑浊的春水没有白流啊！'"谁能够有这样的情感？"春天暖夜河边捕鱼，忽然看见身后站着十几个人，生怕又是偷渔网的，急奔过去，原来是十来株小白桦，夜来穿上春装，人似的站在美丽的夜色中……"谁能够有这样的心思？

只有普里什文有。这样的眼睛，是大自然的眼睛；这样的情感和心思，和大自然相通。也可以说，这样的眼睛、情感和心思，属于大自然，也属于童话和赤子之心。

我信任的另一位作家是于·列那尔，源于他曾经这样写过一棵普通的树，他把树枝、树叶和树根称为一家人："他们那些修长的枝柯相互抚摸，像盲人一样，以确信大家都在。"就是这一句，让我感动并难忘。他还曾经这样描写一只普通的燕子，他把它看作和自己一样写文章的人："如果你懂得希腊文和拉丁文，而我，我认识烟囱上的燕子在空中写出来的希伯来文。"他以平等的视角和姿态，视树和燕子与人一样。确实，我们不比一棵树和一只燕子高贵和高明，甚至有时还不如。

中国作家里，我信服萧红。她把她家的菜园写活了："花开了，就像花睡醒了似的，鸟飞了，就像鸟上天了似的，虫子叫了，就像虫子在说话似的，一切都活了。都有无限的本领，要做什么就做什么……倭瓜愿意爬上架就爬上架，愿意爬上房就爬上房。黄瓜愿意开一个谎花就开一个谎花，愿意结一个黄瓜就结一个黄瓜，若都不愿意，就是一个黄瓜也不结，一朵花也不开，也没有人问它似的。

玉米愿意长多高就长多高，它若愿意长到上天去也没有人管，蝴蝶随意的飞，一会从墙头上飞来一对黄蝴蝶，一会又飞走了一只白蝴蝶。它们从谁家来的，又飞到谁家去？太阳也不知道这个。"原因在于那倭瓜也好，黄瓜也好，已经和她命牵一线，情系一心，写的就是自己。

很多年前，读迟子建的小说《逆行精灵》，里面有一段雨过天晴后阳光的描写，至今记忆犹新："阳光在森林中高高低低的寻找着栖身之处，落脚于松树上的阳光总是站不稳，因为那些针叶太细小了，因而它们也就把那针叶照得通体透明。"

更多年以前，读苇岸《大地上的事情》，说到他曾经在一次候车的时候看到一只麻雀，发现麻雀并不是平常所说的只会蹦跳，不会迈步，只不过是移动步幅大时蹦跳，步幅小时才迈步。这一发现，让他激动，他说："法布尔经过试验推翻了过去昆虫学家'蝉没有听觉'的观点，此时我感到我获得了一种法布尔式的喜悦和快感。"

如今，谁还会在意落在松树上的阳光，因为松针细小而"站不稳"这样的小事？谁又会为注意麻雀和其他小鸟一样会迈步，而涌出"一种法布尔式的喜悦和快感"？观察的细致，来自心地的入微。眼睛视而不见或熟视无睹的粗心麻木，源于心已经粗糙如搓脚石一般千疮百孔了。

去年，读一篇作者叫李娟的文章，名字不大熟悉，文字却打动我。她说花的形状和纹案"只有小孩子们的心里才能想象得出来，只有他们的小手才画得出"；她说花开成的样子"一定有着它自己长时间的，并且经历相当曲折的美好想法吧"；她说花散的香气"多么像一个人能够自信地说出爱情呢"。她还说那些没有花开也没有名字的平凡的植物："哪一株都是不平凡的。它们能向四周抽出枝条，我却不能；它们能结出种子，我却不能；它们的根深入大地，它们的叶子是绿色的，并且能生成各种无可挑剔的轮廓，它们不停地向上生长……所有这些我都不能……植物的自由让长着双腿的任何一人都自愧不如。"

感动的原因，是她和上述那些值得信赖的作家一样，有这种本事，平心静气，又气定神闲，内心里充满平等，又充满真诚，把大自然中这些最为普通的一切，能够细腻而传神地告诉给我。只有他们才有这种本事，信手拈来，又妙手回春一般，将这些气象万千的瞬间捕捉到手，然后定格在大自然的日历上，辉映成意境隽永的诗篇、生命永恒的乐章。

谁能够做到这样？这样对待大地上一朵普通的花、一条普通的河、一棵普通的树，或一只普通的燕子或麻雀？我们会吗？我们可以把花精致地剪成情人节里的礼物，可以在河里捞鱼或游泳，可以到原始森林里去旅游或野炊，可以在落满雪花的大树前或爬到树上去拍照片，但我们不会有春天里第一朵花开时瞬间的感觉，不会注意到阳光在松针上"站不稳"、麻雀会迈步、燕子会写希伯来文字这样区区小事，更不会面对平凡不知名的植物而心怀自愧之感。

想起英国的作家乔治·吉辛。几乎和这位李娟一样，他也曾经注意并欣赏过平凡的小花和无数不知名的植物，认为那是世界上最美妙的事情。在《四季笔记》一书里，他这样说："世界间还有什么比这更美妙的呢？在阳光普照的春晨，世上有多少人能这样宁静，会心地欣赏天地间的美景呢？每五万人中能否有一人如此呢？"

我是吗，是这每五万中的一个吗？

2010 年 3 月 16 日于北京

冬夜重读史铁生

史铁生离开我们已经快两个月了。在史铁生刚刚去世时，人民文学出版社出版了他的《我与地坛》，恰逢其时。我想，对他最好的怀念，莫过于认真重读他的作品。

好的文字，从来都是能够保持长久不灭的感情和生命的温度的，其魅力便也在于此。这两个月来，一直在重新读史铁生的作品，我边读边想，再没有一位作家赶得上他一样是在用感情、用心灵，用生命写作的了；我边读边想，他就还在我的面前，还在地坛的一隅。

在《我与地坛》的开篇中，他先是这样写了一段地坛的景物："四百多年里，它一面剥蚀了古殿檐头浮夸的琉璃，淡褪了门壁上炫耀的朱红，坍圮了一段段高墙又散落了玉砌雕栏，祭坛四周的老柏树愈见苍幽，到处的野草荒藤也都茂盛得自在坦荡。"然后，他紧接着说："这时候想必是我该来了。"

他来了。他去了，又来了。每一次读到这里，我都格外心动。总觉得像电影一样，在地坛颓败而静谧的空镜头之后，他摇着轮椅出场了。或者，恰如定音鼓响彻寂静的地坛古园里一样，将悠扬的回音荡漾在我的心里，注定了他与地坛命中契合难舍的关系。当代作家中，哪一位有如此一个和自己撕心裂肺打断了骨头连着筋的特定场景，从而使得一个普通的场景具有了文学和人生超拔的意义，而成为一个独特的意象？就像陆放翁的沈园，就像鲁迅的百草园，就像约翰·列侬的草莓园，就像凡·高的阿尔？

在史铁生的作品里，母亲是一个最动人和感人的形象。母亲四十九岁的时候过早地离开了人世，在《我与地坛》中，有这样两段描写。

一段是——

摇着轮椅在园中慢慢走，又是雾罩的清晨，又是骄阳高悬的白昼，我只想着一件事：母亲已经不在了。在老柏树旁停下，在草地上在颓墙边停下，又是处处虫鸣的午后，又是鸟儿归巢的傍晚，我心里只默念着一句话：可是母亲已经不在了。把椅背放倒，躺下，似睡非睡挨到日没，坐起来，心神恍惚，呆呆地直坐到古祭坛上落满黑暗然后再渐渐浮起月光，心里才有点儿明白：母亲不能再来这园中找我了。

一段是——

有一年，十月的风又翻动起安详的落叶，我在园中读书，听见两个散步的老人说："没想到这园子有这么大。"我放下书，想，这么大一座园子，要在其中找到她的儿子，母亲走过了多少焦灼的路。多年来我头一次意识到，这园中不单是处处都有过我的车辙，有过我的车辙的地方也都有过母亲的脚印。

后一段，体现了史铁生的心地的敏感，从两个散步老人的一句简单而普通的话语里，涌出对母亲由衷的感恩和悔恨之情。敏感的前提，是善感。也就是说，是海绵才有可能吸附水分，水泥板花岗岩，哪怕是再华丽的水磨石方砖，是无法吸附水分的，而只能让哪怕再晶莹剔透的水珠凭空流逝。缺乏这样善感的心地与真情，使得不少写作成为搭积木和变魔术的技术活儿，或者化装舞会上和摆满座签的领奖席上花红柳绿的邀宠或争宠般的热闹。

前一段，排比句式的景物中几次慨叹"可是母亲已经不在了"都会让我心情沉重。在这样重复的喟然长叹中，那些景物：老柏树、草地、颓墙、虫鸣的午后、鸟儿归巢的傍晚以及古祭坛上的黑暗与月光，才一一都有了意义，这意义便是这一切附着上母亲的身影。因此可以说，地坛是史铁生的，也是母亲的，因有这样的一位母亲而让地坛具有伤感无奈却又坚韧伟大的别样情怀。

每次读到这里，我都会忍不住想起史铁生在他的《记忆与印象》中的《一个人形空白》里的一段："我双腿瘫痪后悄悄地学写作，母亲知道了，跟我说：她年轻时的理想也是写作。这样说时，我见她脸上的笑……那样惭愧地张望四周，看窗上的夕阳，看院中的老海棠树。但老海棠树已经枯死，枝干上爬满豆蔓，开着单薄的豆花。"

如今，重读这一段，我想起史铁生，也想起他的母亲，窗上的夕阳，枯死的老海棠树，老海棠树枝干上爬满的豆蔓，开着单薄的豆花，便一下子都成为母亲那一刻百感交集又无法诉说的心情与感情的对应物，好像它们就是为了衬托母亲的心情与感情，故意立在院子里，帮助史铁生点石成金。这是怎样的一位母亲呀，可以这样说，如果没有这样一位母亲，就没有史铁生，我说的并不是母亲生养了史铁生，而是说母亲的悲惨命运和与生俱来的气质与情怀，造就了作家的史铁生。我坚定地认为，没有母亲，便没有史铁生的地坛。

由生活具象而思考为带有哲理性的抽象，是史铁生愿意做的，也是史铁生作品的魅力，更是和我们一般写作者的区别，如同真正的大海一步迈过了貌似精致却雕琢的蘑菇泳池。他便从一己的命运扩大为更为轩豁的世界，而使得他的作品融入了思想的含量，不像我们的一样轻飘飘、甜腻腻，或皮相的花里胡哨。他爱说人间戏剧，而不是像我们那样自恋得只会舔自己的尾巴、弄自己的发型、扭自己的腰身和新书的腰封。

在人文社这本《我与地坛》里，最后选的是《想念地坛》。这是一个很好的选择。在这则文章里，史铁生想念地坛里的那些老柏树，他从它们"历无数春秋寒暑依旧镇定自若，不为流光掠影所迷"中，将其品质出人意料的抽象为"柔弱"。他进而说："柔弱是爱者的独信""柔弱，是信者仰慕神恩的心情，静聆神命的姿态"。他说："倘若那老柏树无风自摇岂不可怕？要是野草长得比树还高，八成是发生了核泄漏——听说切尔诺贝利附近有这现象。"

由老柏树的"柔弱"，他写到世风的喧嚣，他说："惟柔弱是爱愿的识别，正如放弃是喧嚣的解剂。"之所以由"柔弱"写到"喧嚣"，还是要写地坛，因为地坛曾经可以是销蚀喧嚣回归宁静的一块宝地，一个解剂"我是说当年的地坛"，他特意补充道。

于是，他由"柔弱"到"喧嚣"，又回到"安静"："回望地坛，回望它的安静。"而如今的"安静"只能回望了，正如地坛只可以想念一样了。因为如今的地坛已经和我们一起卷入喧嚣的旋涡。

可以看出，人生的悖论，世风的无奈，以柔弱对抗喧嚣，以想念回归安静，这是一种怎样的哲思！对于写作，他比我们纯粹；对于生活，他比我们单纯；对于世界，他比我们深入。无论什么样的现实，无论什么样的命运，他利钝不计，操守不易，明不规暗，直不辅曲，一直以这样的心智，和我们，和这个世界对话。

在这篇文章最后，他写道："靠想念去迈过它，只要一迈过它便有清纯之气扑面而来。我已不在地坛，地坛在我。"这两句话，特别是最后一句"我已不在地坛，地坛在我"如一支沉稳的铁锚，将地坛如一艘古船一样牢牢地停泊在新时期文学的岸边，和不止一代读者的心里。

2011 年 2 月 21 日于北京

少读宋词

三十多年前，五元钱买三本书，还能剩下钱。那时，我上初中二年级，偷了家里的五元钱，跑到了新华书店，买了三本书。回到家里，挨了爸爸的一顿打。大概那是生平第一次挨打。我牢牢地记住了那滋味，三十多年过去了，许多书在岁月的迁徙中丢失了，这三本书却一直保存着。书的封面和里面的书页已经卷角或破损，那是青春和时光留下的纪念。

这三本书中，有一本是中华书局出版的《宋词选》，胡云翼先生选注。因为在买书之前，我刚刚在学校的图书馆里看到胡先生在20世纪30年代写过的散文，一看他不仅写散文，还选注宋词，便买下了这本书。小孩子买书，完全凭兴趣和好奇心的驱使。

我很喜欢这本《宋词选》，即使三十多年过去了，以后我见过其他宋词的选本，我依然认为这本选本最有特点。虽然，在当时时代大的背景下，里面的前言和注解有一些硬贴上去的政治色彩，但总体上选择得精当，前言论述宋词发展的脉络清晰，每位词家前面的介绍，文字不多，却学问精深，有很多史料价值。那时，我每天晚上读这本书上的一首宋词，然后抄在一张纸条上，第二天早上上学时带在衣袋里，在路上背诵。我好长时间上学是走路，要走半个小时到学校，这半个小时足够把这首宋词背下来了："无可奈何花落去，似曾相识燕归来。小园香径独徘徊"（晏殊《浣溪沙》），"舞低杨柳楼心月，歌尽桃花扇底风"（晏几道《鹧鸪天》），"会挽雕弓如满月，西北望，射天狼"（苏轼《江城子》），"天涯也有江南信，梅破知春近"（黄庭坚《虞美人》），"无奈归心，暗随流水到天涯"（秦观《望海潮》），"九万里风鹏正举，风休住，蓬舟吹取三山去"（李清照《渔家傲》）……多少美妙无比的宋词，都是在这上学的路上背诵下来的。有这些宋词相伴，那些个日子真是惬意得很，一张张抄满宋词的小纸条揣在我的衣袋里，沉醉在悠悠宋朝的春风秋雨落花流水之中，上学一路，身旁闪过车水马龙喧嚣的街景，便都熟视无睹，或都幻作宋代的勾栏瓦舍。半个小时的路，一下子显得短了许多，也轻快了许多。

"少年不识愁滋味"，那时，我正是不知天高地厚的年龄，对于宋词，我喜欢辛弃疾，喜欢秦观。喜欢辛弃疾的阳刚之气，喜欢秦观的阴柔之美，秦观的《鹊桥仙》和《踏莎行》用精美的意象和朴素的词句传达了人类共同拥有的感情，那时我背得滚瓜烂熟，"金风玉露一相逢，便胜却人间无数""两情若是长久时，又岂在朝朝

暮暮" "雾失楼台，月迷津渡，桃源望断无寻处" ……即使到现在
依然记忆犹新。辛弃疾的许多词句更令我心怦然而动："落日楼头，
断鸿声里，江南游子，把吴钩看了，栏杆拍遍，无人会，登临意" "斫
去桂婆娑，人道是清光更多" "青山遮不住，毕竟东流去" "闲愁
最苦，休去倚危栏，斜阳正在烟柳断肠处" "江头未是风波恶，别
有人间行路难" "醉里挑灯看剑，梦回吹角连营。八百里分麾下炙，
五十弦翻塞外声，沙场秋点兵" "何处望神州，满眼风光北固楼。
千古兴亡多少事，悠悠，不尽长江滚滚流" ……不用说，喜欢辛弃
疾的这些词，染上了我初中二年级学生心中向往和想象的色彩，和
辛弃疾一起登上建康赏心亭、赣州造口壁、京口北固楼，以及带湖
旁他那轩窗临水、小舟行钓、春可观梅、秋可餐菊的稼轩新居。那
种词句和心境合而为一的情景，大概只有在初中二年级读书时才会
拥有，那些妙不可言的词句才刻在青春的轨迹上，到现在也难以磨
灭。

　　相比之下，我最喜欢辛弃疾的《八声甘州》一词，是辛弃疾夜
读《李广传》的感慨，那里融有太多辛弃疾自身的心迹和心声。李
广抗击匈奴战功卓著，却不仅未被封侯，反倒被罢免职务，被迫自
杀。这与辛弃疾抗金大志未遂而落职赋闲回家的境遇一样，词便写
得感情浓重，苍老沉郁："故将军饮罢夜归来，长亭解雕鞍。恨灞
陵醉尉，匆匆未识，桃李无言。射虎山横一骑，裂石响惊弦。落魄
封侯事，岁晚田间。谁向桑麻杜曲，要短衣匹马，移住南山？看风

流慷慨，谈笑过残年，汉开边，功名万里，甚当时健者也曾闲？纱窗外，斜风细雨，一阵轻寒。"

当时也不知看懂看不懂，只清晰记得读罢这首词让我心里怅然许久，尤其是最后一句"纱窗外，斜风细雨，一阵轻寒"，仿佛那寒冷的斜风细雨也扑打在我窗前。其实，当时以一个少年的心情触摸老年的心事，自然难免雾中看花；世事沧桑，人生况味，只有到今天方才领悟一点点。领悟到这点点，但已经很难再有读书时那种感同身受般的境界和那种风雨扑窗的情景，以及遥望历史追寻辞章的梦幻了。这是没办法的事，人长大的过程中，得到一些什么也必然要失去一些什么，就像狗熊掰棒子，不可能把所有的棒子都抱在怀里。

独居漫受书狐媚

爱读放翁晚年的诗作，随手翻阅，触目多有佳句。想象晚年时放翁的样子，想象着他是如何度日，以及面对生活的态度，非常有意思，即使已经过去了八百多年，依然可以镜鉴，让人思味。

对于以往年轻时候曾经"三万里河东入海，五千仞岳上摩天"之类的功名追逐，这时候，他说："薄技雕虫尔，虚名画饼如。"这是他的清醒。他说："试看大醉称贤相，始信常醒是鄙夫。"这是他的自嘲。以往再如何风光，到了晚年，洗尽铅华，都是平常人一个。

对于人老之后身体渐多的疾病，他有一首《示村医》："玉函肘后了无功，每寓奇方啸傲中。衫袖玩橙清鼻观，枕囊贮菊愈头风。"前半联说的是他不信那些奇方妙方。他还有一句"屏除金鼎药，糠秕玉函方"，是他对于名贵药方的一贯态度。后一联是他对于头痛鼻塞这样的小病一种轻松和放松的态度。他还说"养生妙理本平平，未可常谈笑老生"。他不像我们将养生学置于老年那么显著的位置而须臾不肯离开。

对于饮食起居，他的态度更是一种放松，这种放松，是先将欲望清淡，再加随遇而安。对于住房，他没有我们今天人们对于越来越大的居住面积的需求渴望，他只求茅屋可住，说是"茅屋三间已太宽"，"故应高卧有余欢"。对于穿戴，他喜欢粗布，说是"溪柴胜炽炭，黎布敌纯绵"。对于饮食，他崇尚喝粥，说是"熊蹯驼峰美不如"。他写过一首小诗《菜羹》："地炉篝火煮菜香，舌端未享鼻先尝。"一副自足自乐老头儿乐的样子。

当然，他不是什么时候都只是以喝粥为标榜，遇到美食美味，他也兴奋异常："蟹束寒蒲大盈尺，鲈穿细柳重兼斤。"遇到肥鱼和大闸蟹，他一样不客气。而且，他还喜欢喝酒，他写有一首诗："社日淋漓酒满衣，黄鸡正嫩白鹅肥。弟兄相顾无涯喜，扶得吾翁烂醉归。"这便是一种放松的态度，不是我们现在常见的老年人过于讲究的养生，这不能吃，那不能喝，把自己拘束在一种贪生怕死的可怜境地。

对于老年人常会遇到的人情淡薄，人走茶凉，儿女都无暇顾及，门前冷落车马稀，等等，这些状况，他的态度更是达观。他说："业力顿消知学进，人情愈薄喜身轻。"这后半句，颇为值得玩味。他还有一句诗："吾生自信云舒卷，客态谁论燕去来。"这一句，放翁虽然自信，但对于燕去燕来的客态，还是多少有些牢骚。"人情愈薄喜身轻"，则放松多了，对于这样司空见惯的人情冷暖，他没有如我们一般人只是抱怨，相反觉得没有人情的羁绊，一身轻松。哪怕是自己孤独一人，也可以想干什么就干什么，无忧无虑，没有了香仨臭俩，便也不必瞻前顾后，顾忌太多。

作为读书人，放翁想干的事情，最多的还是读书。他写读书的诗句颇多，"插架图书娱晚暮，满滩鸥鹭伴清闲"，是他暮年真实的生活实景和内心写照。这样的诗句，已不新鲜。有这样一句"独居漫受书狐媚"，让我感到新奇。孤独一人，书对于他有一种狐媚之感，实在是少有的比喻。这种狐媚，对于年轻人可以理解，对于已经年过八十的放翁，真的很奇特，让我想起美国作家乔·昆南在《大书特书》一书中说"书是我的情人"的比喻。

独居漫受书狐媚，不仅是一个好的比喻，更是一种好的状态和心态。

2016 年 2 月 22 日元宵节于布鲁明顿

| 叶芹草

那天，孩子推荐我再看看普里什文的《叶芹草》。他说这部散文诗更可以看成小说，把它看成小说更好，可以看出小说这样的写法真是非常别致，你会觉得小说原来也可以这样写，再痛苦的生活原来是这样充满诗意。

这是孩子布置给我的作业。现在孩子大了，读大学之后，常常布置我好多的作业。

我认真地将《叶芹草》读完，孩子问我感觉怎么样。我说不错，叶芹草是一种美丽含蓄的花，是普里什文年轻时的恋人，是失恋的象征。他说主要可以看出作者的思想深刻，充满着哲理，统帅着全篇。这当然是不错的，普里什文确实有不少这样精彩的哲理，花开般缤纷在《叶芹草》中，比如："有人将整个内心生活都寄托在一条狗的身上，于是这条狗的生命，就比物理上任何伟大的发明都更具有无限现实的意义。"比如："对于懦弱的人，深渊是无须引诱的，而是把他抛到宁静而安谧的岸上。"普里什文正是让这种关于一条狗与感情、引诱和深渊的哲理思考，像一条清澈而深刻的小溪流淌并湿润着全文。

但我对孩子说，普里什文更主要的是找到了大自然这样的对应物，使他对于失恋的哲理性思考有了文学性依托的宽阔背景，他才能将他难以忘却的叶芹草写得那样美，将失恋写得那样美。真的，我还没有见过一位作家把这种感情写得如此美丽得让人心动。

普里什文在《叶芹草》中说："在那个黄金时代里，每个人都似乎成了诗人。"他所指的黄金时代，是充满着爱的时代。其实，在这部作品中，主要写的是失去爱的时代，但他一样将大自然的一草一木染上了诗的色彩。他才能从两棵交织在一起的白桦树又增添的新枝中，感受到生物极其复杂的生命史。接近它们时，他的心胸才一下子开阔起来，他才能碰巧碰到细枝折断滴落的一滴树液滴到脸上，体味失恋痛苦分泌出的清新的汁液。你不能不为他敏感细腻的心地而感动。

普里什文总能将失恋后内心波动的涟漪，捕捉得细致入微，如描如画——

白桦倒在了地上，在灰蒙蒙的还没有上装的树木和灌木丛中，显得那样伤感和悲凉，但一棵绿色的稠李却站着，仿佛披上用林涛做成的透明的盛装……

母鸟已经孵出小鸟，小鸟已经长大飞走，旧巢已经被麻雀占据，老椋鸟还是天天飞到曾经度过它美好春天的苹果树下唱着它逝去的歌……

春天暖夜河边捕鱼，忽然看见身后站着十几个人，生怕又是偷渔网的，急奔过去，原来是十来株小白桦，夜来穿上春装，人似的站在美丽的夜色中……

普里什文的这部作品，我早就读过，也许年轻时并没有读懂，只有经历了一些沧桑，才会懂得其中一些味道，并为他所经历的痛苦其实也为自己所逝去的一切而感动。正如人们能够在天空中找到属于自己的星宿一样，人们在大自然中也可以找到自己生命与感情的对应物，普里什文找到的就是叶芹草。

《叶芹草》中有一节"在老树墩旁边"，普里什文开端这样写道："森林中是从来也不空的，如果觉得空，那是自己错了。"这话说得真好，森林中从来不是空的，如果你觉得空了，是你自己错了。说得朴素却充满哲理，不仅失恋不是让你失去了一切，世上所有的事物，在失去的过程中，你也得到了一些，从来不会是两手空空。

所以，普里什文在观察老树墩旁那一片空地，那仅仅太阳照到的一个光点上，就发现停着十只螽斯、两只蜥蜴、六只苍蝇、两只步行虫……高高的蕨草云集四周，风温柔地吹拂，于是，一棵蕨草就俯身另一棵蕨草，悄悄地说什么话，那一棵又向第三棵说话，以至所有的蕨草都交头接耳了起来……那是一个多么丰富多彩的世界，那是一个多么生机盎然的天地。

没错，森林中是从来也不空的，人生从来不是一无所有的。只要经历过，人的内心和情感里就不会只留下空白，哪怕你失去得再多，如普里什文一样失去他最珍贵的叶芹草。

普里什文不止一次地说，离开了叶芹草，失去了叶芹草，他和大自然也许才真正接近起来了。他称这种情感为大自然情感。

2001 年 7 月 10 日于北京

1971年的《九三年》

　　雨果的小说，我最喜欢的是《九三年》。第一次读它的时候，是在北大荒，大概是1971年的冬天，从农场一个叫曹大肚子的复员兵那里借的书。它非常吸引我，那时候年轻，记忆力好，我能够从头到尾复述全书整个故事，连书里面那些难记的外国人名，都能够随口说得滚瓜溜熟。

　　那时，在能够睡十几个人的一溜儿大炕上，晚上，伙伴们躺进被子里，伸出光膀子，脑袋在炕沿上排成齐刷刷一排，开始摆出一股听故事的劲头来，就是听我讲《九三年》。我不抽烟，但立刻有人给我端来了北京的茉莉花茶，放在炕头我的面前。那劲头仿佛我就是连阔如。《九三年》要一连讲好几个晚上，每天收工开会完了之后，躺下睡觉之前，大家听我讲《九三年》，成了我大显身手的时候，也是大家最喜欢的一种娱乐的方式。好长一段时间里，我们大家似乎都生活在1793年法国资产阶级大革命的时期，生活在巴黎，生活在旺岱，生活在索德烈森林，生活在拉·杜尔格高地，而暂时忘却了冰天雪地的北大荒。

《九三年》是雨果的最后一部长篇小说，是他多年积累和思考的心血之作。它描写了法国 1793 年那场波澜壮阔的资产阶级大革命的故事。雨果所写的，巴黎街巷巴黎十六街改名叫"法律街"，圣安东尼区改名为"光荣区"，蒙弗兰贝侯爵改名为"八月十日"；"巴黎的每条街都产生一个联队，各区的旗帜你来我往，每面旗子上都有自己的标语，所有的墙上都贴满了标语，大的，小的，白色的，黄色的，绿色的，红色的，铅印的，手写的"；而巴黎的共和政府废除公历，改为新历法……

雨果《九三年》这个故事就要从 1793 年 5 月的最后几天讲起，一支代表着红色的革命军队，叫作红帽子联队，从巴黎出发，在法国旺岱一个叫作索德烈的森林里搜索逃到这里的白色叛军。红白双方死伤都非常惨重，革命军从巴黎出发时是 1.2 万人，到了这时候已经死亡了 8000 人。所以，在索德烈森林搜索的时候，红帽子联队小心谨慎，他们自己说是每一个士兵的背后都得长着眼睛。索德烈森林里到处是叛军逃跑时留下的烧焦的痕迹，即使有一只鸟飞过，也是在刺刀上鸣叫。当他们在灌木丛中发现一个妇女带着三个孩子的时候，故事才真正展开。这个叫作佛莱莎的社会底层的母亲，只有在这场大革命中才有可能和社会的上层人物——革命军的首领郭文和西穆尔登神父、叛军的首领朗德纳克侯爵，发生了关系。这是文学中的情节与人物关系上的联系。雨果要用这位平民母亲和她的孩子为药引子，牵连出他所表达的"在绝对正确的革命之上有一个绝对正确的人道主义"。

当时，雨果的这一主张遭到批判，小说的结尾，为了解救在大火中的三个孩子，我们惯常认为的坏蛋朗德纳克却放弃了自己逃跑的机会；而朗德纳克的侄子革命军的总司令郭文为了救自己的亲人，却放跑了革命的敌人朗德纳克；郭文的老师西穆尔登为了革命的利益判处郭文死刑。这一连环套的情节中人物各自迥然不同的性格与命运，也曾经引发我们一伙知青伙伴的争议。

记得很清楚，当我讲到郭文包围了朗德纳克的堡垒，朗德纳克从一扇铁门出来，然后用一把大锁锁上了这扇铁门，也就是说挡住了郭文登上堡垒捉到他的唯一通道，然后他跑出一道石门，躲藏在荆棘丛中，马上就可以死里逃生了，这时候，他忽然猛地听到自己头顶一声号叫。起初，他以为是一头母狼的嗥叫，后来，他听清了，是一个女人的号叫。在朗德纳克刚刚逃下来的堡垒的上面，那上面已经起火，他看见了火里面的三个孩子。这时候，朗德纳克冒着大火，重新爬上堡垒的顶端，在墙边找到了一个救命梯，顺着山坳把梯子一直放到了山脚下。三个孩子都被救了下来，朗德纳克从堡垒上面最后走下来，当他走到梯子最后一级刚刚把脚踏在地面的时候，一只大手落在他的衣领上，他回头一看，是西穆尔登，西穆尔登对他说："我逮捕你！"朗德纳克极其贵族地说："我允许你逮捕我！"

满屋子里鸦雀无声，至今我还清晰地记得我讲到这里时的情景。应该说，这是全书最精彩之处。但是，争论也就在这里开始了，拉合辫盖的土屋子里，短暂的静寂之后，就炸开了锅。朗德纳克作为一个阶级敌人，他能够在危难之中不顾自己的性命去解救那三个贫苦的孩子吗？曾经是我们争论得最激烈之处。

还有一点有意思的是，我们的争议和小说最后一卷"表决"一节非常相似。第一法官盖桑先以罗马帝国 414 年大法官曼柳斯的儿子没有得到命令擅自打了胜仗而被曼柳斯处死为例，他说："违反了纪律的必须受到严惩，现在是违反了法律，法律比纪律更高。怜悯可以构成罪行，郭文司令放走了叛徒朗德纳克。郭文是有罪的。我主张死刑。"军曹拉杜则表示："老头救了几个孩子做得很对，司令救了老头也做得很对，如果把做好事的人都送上了断头台，那么滚你妈的吧！我再也不知道我们的目的到底是什么了。我们再也没有理由不做坏事了。"他投了释放郭文的一票，宁愿砍掉自己的头代替他。其实，军曹和第一法官的话，也是我们心里争论的话。在人性和革命的冲突面前，雨果表示了他鲜明的态度，而在当时所谓革命的光环照射下，人性论惨遭致命的批判，我们犹豫不决，或口是心非，或口心都被扭曲。其实，我们就像军曹所说的那样，我们已经不知道革命的目的到底是什么了。但是说心里话，当时我是暗暗站在军曹拉杜的一边的。

《九三年》充满了思辨的色彩，尤其是后面，朗德纳克为救孩子的性命而选择牺牲自己，郭文为救朗德纳克而选择牺牲自己，西穆尔登为处死郭文而选择自杀，面对他们舍身成仁的共同选择，虽然明知是虚构的小说，我的心里还是受到震撼。只是我对郭文、西穆尔登和朗德纳克的牺牲，虽然心生敬意，却不能够完全理解。因为这和我们当时受到的教育完全是猴吃麻花——满拧，他们的牺牲也和当时革命的教义对得上号。但是，你能够说他们中的哪一个的牺牲没有价值和意义呢？他们都不是为自己的私利，郭文是为了良心，西穆尔登是为了法律，朗德纳克是为了孩子。他们当中谁能够说得上是正派或反派呢？

我从来没有看过这样思辨色彩浓郁的小说，它的人物雷与电般的对白，和波澜起伏、一泻千里的内心独白，看着痛快，逼迫着我不得不跟着雨果一起思考。雨果有着一双强悍的大手，攫住我的心，跟着他一起走进他的旋风般的小说世界，我不止一遍地问自己，如果我是郭文该怎么办？我是西穆尔登该怎么办？我是朗德纳克又该怎么办？真诚而忠诚地信赖一位作家、痴迷一部小说、心甘情愿地和小说里的人物一起走，彻底混淆了小说和现实，这是在以后的阅读中再也没有出现过的迷失。

至今我还清晰地记得朗德纳克从那个梯子上走下来而被捕，要不要处以他死刑，郭文内心有一长段痛苦的独白："这个梯子是救命梯，对于他却是丧命梯。他为什么要这样做呢？为了救三个孩子。那三个孩子是他自己的吗？不是。是他一家的吗？不是。是他同阶级的吗？不是。为了三个可怜的小孩子，偶然遇到的弃儿，衣服破破烂烂的，赤脚的孩子，这位贵族、亲王，高傲地救出孩子的同时，也要交出自己的头颅。人们怎么办？接受他的头颅，送他上断头台。朗德纳克在别人的生命和他自己的生命之间做了一个选择，在这个庄严的选择中，他选择了自己的死亡。人们同意他死亡，人们要砍掉他的头颅。对于英雄的行为，这是怎么样的一种报酬啊！用一种野蛮的手段回答一种慷慨的行为！革命居然也有这样的弱点！这是对共和国怎样的一个贬值啊！"

雨果没有简单化地把朗德纳克处理成为舍己救人，他有他的一套内在逻辑，把他放进自己的人道主义的连环圈中，这样，面对放还是不放朗德纳克这道残忍的难题，郭文的内心独白便有他自己和自己论战的悲壮性质。在另一处，雨果这样写道："三个小孩在危难中，朗德纳克救了他们。开始谁使得他们陷入危难的呢？难道不是朗德纳克吗？谁把这几只摇篮放在大火里面呢？难道不是伊曼纽斯吗？他是朗德纳克的副官。应该负责的是领袖。因此，纵火和杀人的都是朗德纳克。"

然后，雨果这样解释朗德纳克："他在筹划了罪行之后，自己又退缩了。他自己吓着了自己。那个母亲的喊声唤起了他内心的过时的慈悲心。这种慈悲心是人类共同生活的残余，一切人心里都有，连心肠最硬的人也有。他听见了这喊声才往回走。他已经走入黑暗里，再退回到光明里。"

这也是郭文的独白。再看郭文和西穆尔登的一段对白。在郭文就要走上断头台的前夜，西穆尔登走进了关押郭文的土牢。这个认为找寻脓疮来接吻才是善行的狂人，对他的学生郭文说："比一切更重要而且在一切之上的，是这条直线——法律。这是绝对的共和国。"而郭文却说："我更爱的是一个理想的共和国。"郭文所说的理想的共和国，应该有牺牲、克己、仁爱和恩恩相报。他对西穆尔登说："你的共和国把人拿来称一称，量一量，然后加以调整；我的共和国把人带到蔚蓝的天空里。"他打了这样一个比喻："比天平更高一级的还有七弦琴。"这是一个美妙的比喻。它不应该仅仅属于文学，应该属于现实。革命也好，改革也罢，对于所有人来说，共和国应该是一架七弦琴。

郭文和他的老师的分歧远远不止于关于共和国的理念和理想。针对西穆尔登的共和国要的是"数学家欧几里得造成的人"，郭文还打了一个比喻，他说他所希望共和国里的人是诗人"荷马造成的人"。西穆尔登警告他不要相信诗人，他反驳道："是的，我听过这样的话，不要相信清风，不要相信阳光，不要相信香气，不要相信花儿，不要相信星星。"西穆尔登进一步警告他说这些玩意儿解不了饱。郭文针锋相对说思想意识是一种养料，想就是吃。西穆尔登则认为这是空话，他的共和国就是"二加二等于四，当我把每个人应得到的一份给他……"。郭文打断他："你还要把每个人不应得的那一份给他！"……

这些精彩而意味深长的争论，已经远非那时我所能够理解的。但关于理想中共和国和共和国的公民的概念以及设想和描画，雨果为我打开了一扇窗，吹进清爽的风。

哦，难忘的我的 1971 年的《九三年》！

2008 年冬写于北京

| 门罗的虚构

　　我读门罗的小说，觉得她晚年的《幸福过了头》一集最佳。她早期的小说，叙事有些絮絮叨叨。晚年的小说，虽然达不到"庾信文章老更成"的地步，却炉火纯青。况且，门罗小说本来也不是如她本人瘦小枯干的那种清癯风格，而是铺展得极其丰腴而汁水饱满。

　　《幸福过了头》中有一篇《纯属虚构》，是非常有意思的一篇，特别能反映她晚年的小说风格。如果说小说需要故事与情节，那么，这篇小说的故事与情节非常简单明了：因伊迪的加入，音乐教师乔伊丝和木匠乔恩离婚。多年之后，乔伊丝再婚，在丈夫六十五岁生日聚会中见到一个黑衣女子克里斯蒂，是位刚刚出版了第一本书的作家。几天后，乔伊丝买到这本书，看到其中一篇名为《亡儿之歌》的小说，看出了克里斯蒂是自己曾经教过的学生也是前夫所娶的妻子伊迪的女儿，当时，她利用了克里斯蒂对自己的天真无邪的爱，编造谎言刺探她的母亲和自己的前夫的恋情。最后，在克里斯蒂为读者签名的仪式上，乔伊丝特意买了当年曾经对克里斯蒂讲过的巧克力百合，送给克里斯蒂并请她为自己签名的时候，克里斯蒂根本没有想起巧克力百合，也没有认出乔伊丝来。

这是这篇小说的骨架。门罗的小说，骨架不是其下力的地方，她一般爱将琐碎的事情、细节和心情，穿插在这样线性的时间顺序里。这是门罗的叙事策略。她有意将骨架打碎，将情节淡化，将艺术化的故事，还原为生活常态；将生活的常态，向多线头的不同方向发展而来，散漫如水，肆意蔓延。这和我们的小说叙事策略不大相同，我们的小说，一般更注重情节和故事本身，尤其受影视影响，情节成了构成并进入小说的不二法门。读我们的小说，一般比较好读，因为有情节为主线牵引，会如一道水流沿河道流淌而来，顺风顺水，不会出现太多阅读障碍。读门罗的小说，一般需要至少读两遍，只有读到结尾回过头来再读一遍时，才会发现第一遍读到的那些不起眼不经意的事情和细节，是那样不可或缺的重要，是那样回环连成一体的气脉贯通。

这篇《纯属虚构》中，占小说三分之一篇幅的第一节，细致而顽强地叙述乔伊丝离婚前后的种种生活情景与细节，我们才会感到并不显多。一直到这一节的结束，乔伊丝精心准备的学生表演晚会，因她让伊迪的女儿作为独奏演员，同时她猜准了伊迪和乔恩一定要来看演出。但是，他们没有来。这样几乎不动声色只是挂角一将的结尾，对于后面克里斯蒂和她小说的出现，是多么的重要。而在第二节中，门罗用带有诗意抒情的笔调叙述乔伊丝带领着童年的克里斯蒂，开车送她回家，给她买冰激凌，看河中蓝色的小船，告诉她森林里的各种野花，包括巧克力百合……这一切，在小说收尾时才会感到韵味和力量。

当然，如果小说仅仅止步于对乔伊丝利用孩子的天真之爱而编造的谎言对孩子伤害的谴责与和解，那样的话，和我们一般小说的叙述策略没有什么两样。我们的小说愿意情节浓缩集中与主题单一明确。《纯属虚构》中，门罗借克里斯蒂口说道："她不认为那只是个骗局，她想到她勤奋学习过的音乐，还有她缥缈的希望，间或得到的快乐，那些她从来没有机会亲眼见到的森林野花，以及它们奇异欢快的名字。""爱，她感到了快乐。在这个世界上，感情部分的内部谐调，一定是有些偶然性的，当然不可能公平，一个人巨大的快乐，会来自另一个人巨大的悲伤。尽管，巨大的快乐都是短时的，脆弱的。"门罗小说的包容性、延展性和多义性，让小说耐读，拉开了和我们的小说创作的距离。

这种距离，来自对生活的理解和认知。在这里，我看到，门罗竭力让小说从情节束缚中还原生活常态的目的，不是消解艺术，而是让小说的艺术有别于常规与流行的小说，让小说不要沦为时代背景历史事件和生死命运道德言说的"大"说，而真正成为深入人生况味与人物内心的"小"说。

这篇小说的名字很有意思，《纯属虚构》，其"虚构"指向谁？是乔伊丝故事自身？还是克里斯蒂的小说《亡儿之歌》？抑或是结尾克里斯蒂没有认出巧克力百合和乔伊丝？这篇小说中，只有一处写到虚构："现在，有一个作家将她丑陋的谎言与她已经驱逐出生活之外的人物与境遇嫁接，告诉了大家。她懒得虚构，却不是出于恶意。"门罗有意混淆虚构和生活，也可以说是门罗有意打破虚构与生活的旋转门。明白了这一点，野花巧克力百合，小说名"亡儿之歌"，才有了隐喻的色彩（在小说中，门罗特别指出马勒名曲《亡儿之歌》和克里斯蒂天真童年的一去不返一箭双雕之意）。乔伊丝前后两任丈夫人生中都是三段婚姻的暗合，修长的大腿、纤细的腰身、乌丝般润滑的麻花辫、音乐的才华、全班智商第二，和矮矮个子、文身、酗酒、头脑笨拙还有私生女的对比，才有了小说内在的理性和感性的衔接，才有了门罗强调的"日常的不幸"的意义。这也是门罗的虚构的意义，她让自己的虚构成为自己独特的叙事策略。

2014 年 3 月 5 日于北京

百年新娘

以此短文纪念契诃夫逝世 110 周年。

——题记

在俄罗斯文学中，我最早接触也最喜欢的是契诃夫。读高中的时候，我从学校图书馆里借阅了他的小说集和戏剧集，尽管只是似是而非的印象，并没有读懂，但契诃夫为我制造的与当时我身处的生活现实完全不同的艺术氛围，还是让我涌起莫名其妙的激动和想象。和当时语文课本里选的《套中人》和《小公务员之死》不尽相同的那些作品相比，我仿佛认识了另一个契诃夫似的。

今年，是契诃夫逝世 110 周年的日子。在这样的日子里，想起契诃夫，心里更别有一番滋味。在关于契诃夫纷乱如云的记忆中，忽然想起三十九年前第一次读他的《新娘》的情景。那真的是一次印象深刻也意义深刻的阅读。那是 1975 年的年初，谁是新娘？谁的新娘？

新娘在哪里？或者说新娘新在哪里？读小说的时候，拔出了萝卜带出了泥，纷乱联想到的一切，都超乎了契诃夫的小说本身。

那是一本人民文学出版社出版的《契诃夫小说选》，其实，这本小说以前读过，只不过那时是从图书馆借来的，阅历既浅，读得不仔细，浅淡的印象和书一起又还了回去。

1975 年，那一年的冬天，我从北大荒插队回京，待业在家，无所事事，从西单的旧书店里买了这本《契诃夫小说选》。记得当时还是内部书店，否则无法买到，其中的《新娘》吸引了我。我竟一连读了三遍。是因为那优美的文笔呢，还是那精彩的插图，或是那没有了朦朦胧胧充满神秘的新生活的诗意，或是 5 月苹果园淡淡的雾中徜徉的那位又高又美的新娘吸引了我？我自己也说不清了。

其实，小说的情节很简单，用几十个字便可以把它叙述如下：新娘娜嘉出嫁前夕，在祖母家居住的远亲沙夏劝她打开家门走出去上学读书学习，把这种无聊庸俗的生活"翻一个身"。沙夏成了娜嘉人生的导师，她听从了他的劝告，认识到自己以往的生活以及她的未婚夫、祖母和母亲都是渺小的，便和她的导师沙夏一起离家出走，远走他乡。一年过后，当她重返家乡时，她已经是一个新人了，家乡沉闷的一切让她越发格格不入。引导她前进的导师沙夏死去了，她更是无所牵挂，再次毅然地离开家乡，朝气蓬勃地投入了新的生活。

最有意思的是，当时，我在笔记本上写下了一篇契诃夫《新娘》的读后感，居然写了这样长，其中有这样的一段：

最让我佩服的还是娜嘉敢于否定自己的导师沙夏。当沙夏拖着病重的身子，还念叨过去的一切而进展不大时，娜嘉敢于抛开他，而继续前进。娜嘉深深爱沙夏，认为沙夏是她"顶亲切顶贴近的人"，但她能够清醒地看出了，这一切"都不像以前那样打动她的心了。她热切地要生活。她和沙夏的友情现在固然还是显得亲切，可是毕竟遥远了、遥远地过去了"。因此，她在和沙夏告别，也在和整个过去告别时，她仅仅走进沙夏曾经住过的房子里面站了一会儿。她的面前不是死去的沙夏的影子，不是美好过去的回忆，而是"一种宽广辽阔的新生活"。

这一点，看来简单，实际上如果不是一个坚强的人，不是一个对未来如饥似渴的人，是办不到的。在这里，娜嘉没有一点儿少女的缠绵，没有一丝对以往的伤感留恋。她敢于向自己的母亲宣战，而且敢于向自己的老师自己"顶亲近的人"宣战。娜嘉形象的美，正在于此。我想《新娘》的新也就在这里吧？未来永远属于敢于向自己过去的一切告别的新人的！请理会什么是"一切"吧！

现在，重新翻看这些已经发黄变淡的笔迹，也许会让如今的年轻人笑话。但是，在那个新旧转折的年代里，敢于向过去的一切尤其是向自己曾经崇拜过的导师告别，是一件多么不容易的事情，又是充满着多么鲜明的时代特点。青年时刻需要拐棍一样的导师，当青春过去了，而且那青春完全是被欺骗而蹉跎的青春，那导师完全是高蹈虚空挥手误指前程的导师，那里所说的"一切"，其实是包括着对自己曾经真诚信仰过的导师和膨胀的理想的决绝，是真的如虫子蜕皮才能够化蛹为蝶一样的痛苦呀。

别的不要去想，只要看看岁月是多么的无情，历史正在残酷地逝去的时候，我们的青春已经彻底不在。面对我们自己的青春，无论我们是在怎么费劲打捞，也不可能打捞上来什么东西了，我们为什么还在做猴子捞月亮的徒劳的游戏，我们又为什么还在做着普希金那《渔夫和金鱼》的故事里说的打捞上来一条想要什么就给我们什么的金鱼的美梦？我们为什么不去做娜嘉一样毅然地向过去的一切告别的人？

不管对于别人的意义如何，契诃夫的这位百年新娘，对于我确实是一位新娘，她是那个特殊时代的一个象征，一个隐喻。这时候，重新阅读契诃夫，和校园青春季节里的阅读，其理解与认知，其意义和价值，完全不同。我知道，我不仅和青春告别，也和一个时代告别。

《新娘》是契诃夫 1903 年的作品，是他人生的最后一部小说，第二年，他便与世长辞了。今天重新读这部小说，感慨依旧良深。不仅勾起旧时的回忆，更重要的是，《新娘》不老，依然能够读出她和新时代、和我们近在咫尺的现实生活相关联的意义。

《新娘》，本身就具有明显的象征意义，是契诃夫特意加在小说主人公娜嘉身上的。在面对拉拉小提琴、喝喝茶、聊聊天、挂挂名画那种衣食无忧的典型中产阶级的家庭生活时，娜嘉的导师沙夏给她出的方子，不过是让她出外求学，以此打破眼前这一潭死水的生活。外面的世界就真的那么好吗？对于今天的我们，会觉得外面的世界很精彩，外面的世界也很无奈。但是，娜嘉立刻感觉到"有一股清爽之气沁透她整个心灵和整个胸膛，使她感到欢欣和兴奋"，甚至开始明显地厌恶自己那个自以为是而庸俗的未婚夫，以致"他搂住她的腰的那只手，都觉得又硬又凉，像铁箍一样"。于是，在结婚前夜，她毅然决然地跟随沙夏离家出走。她这样解读自己这样果断的行动："我看不起我的未婚夫，看不起我自己，看不起这种毫无意义的生活。"

今天重新读来，会觉得娜嘉的决定有些鲁莽，但依然让我心动。娜嘉对于眼前世故而惯性的生活的敏感，让今天已经麻木的我们汗颜。在物质主义的侵蚀之下，娜嘉的母亲和祖母为其安排好的一切，有那样好的物质生活，有那样门当户对的婚姻，家乡有那样美丽的花园，在莫斯科又为她准备好了上下两层楼的房子……所有这一切，不正是我们渴望羡慕并孜孜以求的吗？她怎么会突然感到毫无意义了呢？

我们会像娜嘉一样做得到放弃这样诱人的一切，而进行自己新的选择吗？我不清楚，如今和娜嘉一样二十三岁的年轻人会怎么样？如果我今天也二十三岁，我会做出和娜嘉一样的选择吗？我不敢回答。如今，在物质主义盛行的时代，人们对于生活所追求的方向和价值判断的标准，已经完全不一样。娜嘉认为她选择的是一种和过去庸俗生活告别而渴望精神富有的新生活，而我们选择的则是和穷怕了的生活告别而渴望拥有物质富有的新生活。于是，我们已经没有了娜嘉对于生活的那种敏感，我们更多拥有的是对房子车子以及名牌包包等物质的敏感。而对于这种仅仅物化而庸俗生活的批判，是契诃夫一生作品中所持之以恒的态度。他将这种生活称为泥沼式的生活，而我们深陷在这样的泥沼里，却舒舒服服得以为是躺在席梦思软床上。在他的这一部最后的作品中，更是强化地塑造了毅然走出这种泥沼生活的新娘的形象。

不同的时代，契诃夫让我读出不同的味道。这便是契诃夫的魅力。

在《新娘》的第四章中，娜嘉决定和沙夏离开这个沉闷的家的那一夜，契诃夫让那一夜刮起了大风，让风毫不留情地吹落了花园里所有苹果树上的苹果，还吹断了一棵老李子树。这些正是我们爱护和珍惜的，怎么可以让李子树断掉，苹果尽落呢？拥有带花园的房子，花园里有果树，能够在春天开花、在秋天结果，再能够有明亮玻璃飘窗下钢琴和小提琴的伴奏，不正是我们梦寐以求的生活吗？生活品质的高低与新旧的判断与追求，我们和娜嘉，和契诃夫就是这样的不同。所以，在我们的文学作品和影视作品中，我们屡见不鲜地热衷那些在这样美丽的花园洋房里婆婆妈妈、卿卿我我或鸡吵鹅斗，见多不怪的了。我们不知道那其实是早在一百多年前娜嘉和契诃夫批判并抛弃过的。百年之后，"新娘"的新，大概也正在于此吧。

那本三十九年前读的《契诃夫小说选》，早已经不新，封面都没有了，里面的书页也破损得很厉害了。这些年，我先后买了简装和精装两套十卷本的契诃夫小说全集，却一直没有舍得丢掉这本书。这位百年新娘伴我又长了三十九岁，已经白发苍苍，像老奶奶一样了，但对于我，她是永远的新娘。

2014 年 3 月 25 日写毕于北京

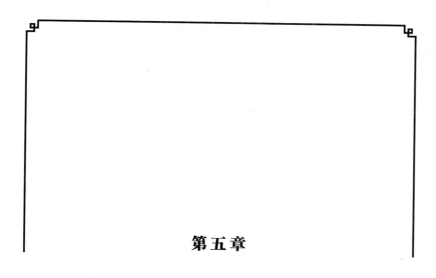

第五章

有得有失，才是人生

寂寞不是一个漂亮的标签

梭罗曾说："寂寞有助于健康。"但是，现代人最难忍受的恐怕就是寂寞了。

梭罗还曾经用诗一样的语言说："我并不比一朵毛蕊花或牧场上的一朵蒲公英寂寞；我不比一张豆叶，一枝酢浆草或一只马蜂更寂寞；我不比密尔溪，或一只风信鸡，或北极星，或南风更寂寞；我不比四月的雨或正月的融雪，或新屋中的第一只蜘蛛更寂寞。"

是的，我们不比它们寂寞，但我们显得比所有的一切都要难以忍受得了寂寞。即使我们把自己关进房子里，足不出户，电视和互联网乃至手机短信息，早已经联系了外面的大千世界。现代生活的躁动会无孔不入，一点点信息就可以把我们打得人仰马翻，一只小虫子就可以把我们的心叮咬得千疮百孔，我们时时都如同热锅上的炒豆儿，总是急火攻心一般情不自禁地蹦跶，还以为自己是在得意地跳芭蕾。

即使我们盖了越来越多的所谓亲水住宅或田园别墅，即使我们住了进去，周围却只是仿制的人造景观而已，我们离那种田园生活依然太遥远，离大自然就更遥远，暖暖远人村，依依墟里烟，还只是梦里的幻景而已。现代生活创造出来现代化的同时，创造出来的种种诱惑，更是寂寞无可抵挡的。

面对这些诱惑，寂寞只是太古老的稻草人，在风中起舞，徒留下好看的样子，吓得走麻雀，却吓不走飘过来又飘过去的云彩和热辣辣的阳光。

诱惑激发起来的，首先是欲望，欲望首先是对钱、性和官位的占有。钱是欲望的物化，性是欲望的深入，官位是欲望的花边。人世间庸庸碌碌，其实说穿了，不过都是为了这三者忙。这三者撕扯在一起，铁三角一样构成牢固的战线，心不甘情不愿，无底洞般无休无止、四面出击地征伐，身心怎不疲惫？疲惫至极的人们，现在依赖的是各种补药乃至"伟哥"，谁曾想到寂寞？就是想到了寂寞，寂寞能解救得了吗？寂寞只是一张薄薄的丝网，怎能打捞得上来泰坦尼克号如此庞大的沉船？

寂寞只好寂寞地待在一边。在资讯快速运转的焦虑时代，寂寞只是一个落寞的隐士。

寂寞其实是一种心境，所谓心静自然凉，心远地自偏，就是这个意思。心境是由精神所营造的，就像鸟窝是由草搭起来的，海滩是由沙冲积而成的，云是由水雾凝结而成的。并不是什么精神都能够营造出来寂寞的心境的。寂寞不是保守，不是退隐，不是防空洞，不是与世隔绝，不是无所事事，不是中国士大夫独有的酸腐诗文。寂寞是放松，是轻松，是安贫气全心清气爽的升华，是脱离复杂而廉价的人脉关系的沉思，是心与心默契而惬意的对话，是走出地平线之外的远游。

因此，寂寞天然是和大自然联系在一起的。脱离开大自然的熏陶和培植，寂寞只是赝品。

梭罗之所以敢说寂寞，是因为他有他的大自然，瓦尔登湖是他寂寞的栖息地。我们很多人也趋之若鹜地奔向大自然，哪怕买到临水靠山的房子，却买不到寂寞，说是回归自然，却只是自己镶嵌在乡间的一个漂亮的标签。即使我们跑到了瓦尔登湖，也只是观光时的挂角一将，带回来许多张漂亮的照片和一本梭罗的旧书，寂寞却依然远远地沉在湖底，瓦尔登湖只属于梭罗。

2001 年春于北京

聪明只是一张漂亮的糖纸

小铁上初二的时候，有一天下午我和他妈妈出门，问他去不去，他摇摇头，一个人闷在家里。晚上，我们回到家，他问我："你发现咱家有什么变化吗？"我望了望四周，一切如故，没发现什么变化。他不甘心，继续问我："你再仔细看看。"我还是没有发现什么蛛丝马迹。倒是他妈妈眼尖，洗脸时一下子看见脸盆和脸盆旁边的水管上贴着小纸条，上面写着脸盆和水管的英文名称。

我这才发现屋子里几乎所有的地方，柜子、书桌、房门、厨房、暖气、音响、书架……上面都贴着小纸条，纸条上面都用英文写着它们的名称。每一张小纸条剪的大小都一样，都是手指一般窄长形的，不仔细看还真不容易看到。

他很得意地望着我笑。

不用说，这是他忙碌一下午的结果。我表扬了他。

那一年，他对外语突然有了兴趣。他就是这样开始外语学习的。他所付出的努力一般是在家里，总是默默的。他在家里贴满的那些小纸条，仿佛是安徒生童话中神奇的手指。他抚摸着那些东西，使得那些东西花开般地有了生命，和它对话，彼此鼓励，使得枯燥而艰苦的学习有了兴趣和色彩，有了学下去、学到底的诱惑力。

小铁从小到大，总是有人夸奖他聪明。读中学时，他的老师当着班上的同学表扬他，说："只要肖铁想学好哪一门功课，他总是能把它学好。"大学期间，同学们也都认为他很聪明，都说他总是很轻松地就把学习学好了。我应该庆幸的是，小铁对这很清醒。每当别人夸他聪明时，他从来只是笑笑，没有因骄傲而忘乎所以。他知道要论聪明，比他聪明的同学有的是，比如当时他最佩服的同学任飞、刘斯庸，后来都考取了清华大学。他所要做的就是认真，而且重复，把要学的东西弄得牢靠扎实。

当别人夸奖小铁聪明时，我当然很高兴，虚荣心得到了满足。但是我很清楚，孩子是以他的刻苦取得他应有的成绩的。

有一次，他们和另外一所学校的同学开座谈会，有个同学问他为什么能取得那么好的成绩。他回答说："没有别的好办法，就是得学、得背。比如历史，高考前老师带领大家复习之前，我已经把书从头到尾背了三遍了，而且要注意背那些图边上和注解的小字，要背得仔细，才能万无一失。"

那天座谈，我坐在他的身边，听到他的话，我很高兴，比他取得好成绩还要高兴。也许，只有我知道他是如何刻苦的。他小学毕业时我整理他书桌的抽屉，光是从四年级到六年级三年的作文的草稿，就装满了一抽屉，每一篇都改过不止一遍。小学毕业准备考中学，他把所有要背的准确答案都录在录音机里，每天晚上躺在床上先把录音机打开，一遍又一遍地听，哪怕睡觉前的一点儿时间也绝不浪费。而他抄写别人文章的本子，记笔记的本子，不知该有多少，虽然许多本子都只记了半本就扔下换了新本子。尽管我批评他太浪费了，他还是愿意一个本子一个内容。

有时候他也很贪玩。读中学时他最迷恋的是 NBA，哪怕考试再忙，只要有 NBA 的比赛，他是必看不误，无论你怎么说，他也是雷打不动。为此，我和他发生过冲突。你想想，都快要考试了，他一个大活人还在整晚看电视，做家长的心里能不慌？做家长的都希望孩子是个听话的小羊羔，到了晚上都要赶进圈里去学习，不要受外面的种种诱惑，外面净是大灰狼。冲突到了极点，他哭着对我说："我什么时候因为看 NBA 把功课耽误了？现在看电视耽误的时间，我会安排时间补回来。"

现在，我相信他了。他读大学期间，时间更紧张了，偶尔回家一趟，或是陪她妈妈逛商店，或是陪我聊聊天，其实都是很耽误他的时间的。我知道我们大人的时间显得越来越庸散了，但孩子正是忙的时候。而且我发现我变得爱唠叨了，也许好不容易看到孩子回家一趟，总想和他多说说话，便缺少节制。而他变得懂事了许多，从来没有不耐烦过，总是放下手中的书本，听我说完之后，他会对他妈妈开句玩笑："妈，你看我爸又耽误了我的时间，我得晚睡几个小时了。"

有一次，他让我帮助他买盏应急灯，说晚上一过 11 点，宿舍就熄灯了。我劝他少熬夜。他说同学都这样，每个人的床上都有一盏应急灯。

要是应急灯妨碍同学了，他会骑上车跑出校园，到学校旁边24 小时的永和豆浆店，买点儿吃的，就开始温书，一坐就是一个通宵或半夜。

虽然我不赞成他熬夜，但我赞成他刻苦、努力。在智商方面，孩子之间的差别不是很大，每个人付出的努力不一样，结果就会不一样。要知道，聪明只是一张漂亮的糖纸，外表可能闪闪发光挺好看，但包裹在里面的东西才是最重要的，这重要的东西就是刻苦。

大三的一天晚上，小铁来电话告诉我和他妈妈："英语六级成绩出来了，我得了89.5 分。"他知道做家长的就是一根筋——只认成绩，他很遗憾地说："就差半分，要不就90分了。"这个成绩是他们系里的第一。他的英语四级考试也是全系第一，得了92分。

大四的那一年，他考了托福和GRE，成绩分别是647分和2390分，考得都不错。都说分数是学生的命根，其实分数更是家长的命根，做家长的只有看着分数才踏实，我也一样，未能免俗。

我再次想起初二时他贴在家里几乎每一个地方的那些小纸条。

前两年搬家的时候，我发现厨房、房门、厕所……好多地方居然还保留着那些小纸条，颜色已经发黄，但蓝色圆珠笔写的英文字迹依然清晰，好像岁月在它们的上面没有留下什么痕迹。

十年过去了，如今孩子已经在美国读书。他的房间空荡荡的，却总能发现在他的茶杯或玩具的背后贴着当年他写着英文的小纸条。就让这些小纸条一直保留着吧，保留着那一份回忆和感情。

泡影

常常会有许多美丽的泡影，浮现在我们的面前，升腾在我们的头顶，就像真的气球或鸽子一样，让我们以为感到了它们生命的气息。其实，它们只是泡影。并不仅仅是它们美丽的外表所具有的诱惑力，更是我们自己的幻觉的原因，泡影才总是气球或鸽子一样在我们自己蒸腾的气流中上下翻飞，我们以为伸手一把就可以抓到。

小时候，我家住的院子里有一位小学女老师，是个南方人，长得很漂亮，又秀气，说话非常温柔，细声细气的，跟唱歌似的。见谁都爱笑，绽开两个小小的酒窝，就是见到我们小孩子，她也是笑着摸摸我们的头或轻轻地打个招呼。她就在我们家旁边的贾家花园小学教书，贾家花园，听听这名字就好听，好听得像是她天天甜滋滋微笑时的样子。

那时，我家旁边有两所小学，一所是贾家花园小学，一所是第二中心小学，附近所有上学的孩子都要就近分配到这两所小学去。

快上小学的时候，我特别担心自己给分配到第二中心小学去，我真是想到贾家花园小学上学，这样她就可以教我。那段时间里，我总是幻想着坐在课堂里她教我的情景。我就可以天天见到她了，天天听她讲课，天天看她那笑眯眯的样子，甚至可以天天被她那细细的手摸我的头了。虽然，后来天不助我，我被分配到第二中心小学去了，但那种幻觉仍给我许多难以忘怀的美好。一直到我升入中学，在我的眼中，她总是那样美，仿佛是美的化身，那种美里面包含纯真和清澈，让人能想到清晨的露珠和没有污染的泉水。我不知道这样想其实融入了我童年和少年时期心理的想象成分，就像做蛋糕在面粉里面加入了糖和奶油，蛋糕才变得甜了一样。我混淆了面粉和蛋糕的区别。

那时候，她还没有对象，很长一段时间都没有对象，想想那时她得有二十六七了吧？是该有个对象谈恋爱的年纪了。院子里的街坊们议论说大概是她的眼光高的缘故吧。一直到了我上高三的那一年，她才找了一个对象，是个海军上尉军官。他们很快就闪电般结了婚，这让我有一种莫名其妙的失落，好像我没喘息过来，眼睛刚眨了眨，魔术一样，鸡就变成了鸭。当我见到了这个上尉的时候，我相信院子里绝对不仅我一个人失望，上尉长得不怎么出色，个子也矮。起码在我的心目中，她要找也应该找的像是当时我们都崇拜的电影演员王心刚的样子吧？

彻底的失望就在高三这一年的夏天，"文革"爆发了。

我第一次尝到了泡影的滋味。以前一切美好的感觉，都被炸飞得无影无踪。泡影破灭后的感觉，是极其痛苦的，不仅仅是心里一下子坍塌成一片废墟般空落落的，而是你以前用时间甚至生命所积累起来的价值系统也同时坍塌了，你对你自己所认为的美产生了致命的怀疑。

我特别喜欢法国的电影演员卡特琳娜·德诺芙。想想，是从看过她和杰拉尔德·德帕迪约主演的《最后一班地铁》开始的吧？她确实演得很出色，在不动声色之中将那位犹太导演的妻子演得丝丝入扣，出神入化。我不知道这是不是她出演的第一部电影，却是我看到她演的第一部电影。除了漂亮，她那种典雅的风度和高贵的气质，给我留下了深深的印象。这是因为漂亮的女人现在借助化妆术和整容术越来越容易找到，但典雅和高贵在如今越发显得稀少而弥足珍贵。因此，我们常常会看到不少女人漂亮倒是漂亮了，只是一说话依然满嘴大碴子味儿。

德诺芙的典雅和高贵，宛若上一两个世纪的女人，是只能在雷诺阿、马奈和维热·勒布伦的肖像画中才能见得到的贵族式的女人，甚至再早些要在舒曼的《梦幻曲》、韦伯的《邀舞》和莫扎特的《小步舞曲》中才能见得到的古典式的女人。

后来，我看《印度支那》，看《追忆似水年华》，看《东方西方》，影片中出现的德诺芙的年纪越来越大，甚至在去年的新片《黑暗中的舞者》中，德诺芙的脸明显苍老，都有了一把褶子，但是那种典雅和高贵依然健在，依然让我珍爱。如果说漂亮只是时令的鲜花，典雅和高贵是不受时间限制的，那么，仅仅漂亮并不是美，美的涵盖面更宽泛，是一道简单易算的命题，却不是所有的女人和男人都能清算得出来。如果说几乎每一个人的心目中都会不自觉地产生幻觉式的偶像，德诺芙是我心目中美的偶像。所以，儿子曾和我争论，他强迫地希望我也和他一样喜欢同样是法国演员的朱丽叶特·比诺什，但朱丽叶特·比诺什取代不了德诺芙。这大概是对美的感觉和感受常常因年龄而产生的无法逾越的距离吧？

前两天，我在等人办事无聊之间偶尔翻一本杂志，看见里面的一张黑白照片竟然是德诺芙。但这张占了整整一页篇幅的照片中的德诺芙吓了我一跳，她几乎裸露着上半身，黑色乳罩的拉链拉开着，半遮掩着的乳房垂浮着，面孔和头发都显出老态。我不忍心再看，竟像自己做了什么亏心事似的赶紧把那本杂志合上了。

我知道我将对德诺芙以往所有美好的回忆一并也合上了。当然，我知道德诺芙不会和我有任何关系，她既不是我的妻子或情人，也不是我的任何一位亲人或朋友，她只是在遥远的地方的一个素不相识的法国女人。她照样演她的电影，她照样活得很滋润。

但是，在我的心目中，她被合在那本杂志里，或者说定格在那本杂志里，再也不会像以前那样活生生地浮现在我的面前了。我知道，这样说来我也许显得很可笑，而且带有主观的色彩显得那样笨拙，但确实是这样的一种感觉刀刻般掠过，又一个泡影在我的心里无可奈何地破灭了。

我无法形容这个泡影破灭之后的心情是什么样的。也许，人生就是在这样一个个泡影升起、破灭中度过和维持着的，只不过人在年轻时泡影就像鱼缸里的金鱼向水面吐着一个又一个的气泡，美丽而不断地袅袅升起，而到了年龄大的时候那升起来的泡影再一个个地破灭着吧。破灭了的泡影或许就像猪尿泡一样会溅落出肮脏的污水，溅落在人的眼睛上，让人的眼睛随着岁月的流逝变得越来越浑浊了吧。只是这样说或许显得很绝对，但并不能说清泡影在接连不断破灭后真实的心情。

今天我听美国一个叫作"红房子画家"乐队的一张唱盘《蓝吉他之歌》，其中的一首歌名叫《Bubble》，用中文是不是就翻译成泡影？那种含混不清又略显凄美的歌声或许唱出了这种无言的感触。没错，音乐起于词尽之处。

2001 年 4 月 1 日于北京

｜ 学会感恩

西方有一个感恩节。那一天，要吃火鸡、南瓜馅饼和红莓果酱。

那一天，无论天南地北，再远的孩子，也要赶回家。

没有阳光，就没有日子的温暖；没有雨露，就没有五谷的丰登；没有水源，就没有生命；没有父母，就没有我们自己；没有亲情、友情和爱情，世界就会是一片孤独和黑暗。这些都是浅显的道理，没有人会不懂，但是，我们常常缺少一种感恩的思想和心理。

"谁言寸草心，报得三春晖""谁知盘中餐，粒粒皆辛苦"，我们小时候背诵的诗句，讲的就是要感恩。滴水之恩，涌泉相报；衔环结草，以报恩德，中国绵延多少年的古老成语，告诉我们的也是要感恩。但是，这样的古训并没有渗进我们的血液，有时候，我们常常忘记了，无论是生活还是生命，都需要感恩。

蜜蜂从花丛中采完蜜，还知道嗡嗡地唱着道谢；树叶被清风吹得凉爽，还知道飒飒地响着道谢。但是，我们还不如蜜蜂和树叶，有时候，我们往往容易忘记了需要感恩。

没错，感恩的敌人，是忘恩负义。但是，真正忘恩负义的人毕竟是少数，大多数的人常常对别人给予自己的帮助和情谊、恩惠和德泽，以为是理所当然，便容易忽略或忘记，有意无意地站在了感恩的对立面。难道不是吗？我们父母给予我们的爱，常常是细小琐碎却无微不至的，不仅常常被我们觉得就应该是这样，而且还觉得他们人老话多，树老根多，嫌烦呢。而我们自己呢，哪怕是同学或是情人的生日，都不会错过他们的派对，偏偏记不清父母的生日，就并不是什么奇怪的事情了。

懂得感恩的人，往往是有谦虚之德的人，是有敬畏之心的人。对待比自己弱小的人，知道要躬身弯腰，便是属于前者；感受上苍懂得要抬头仰视，便是属于后者。因此，哪怕是比自己再弱小的人给予自己的哪怕是一点一滴的帮助，这样的人也是不敢轻视、不能忘记的。跪拜在教堂里的那些人，仰望着从教堂彩色的玻璃窗中洒进的阳光，是怀着感恩之情的，纵使我并不相信上帝的存在，但我总是被那种神情所感动。

恨多于爱的人，一般容易缺乏感恩之情。心里被怨恨涨满的人，便容易像是被雨水淹没的田园，很难再吸收进新的水分，便很难再长出感恩的花朵或禾苗。

不懂得忏悔的人，一般也容易缺乏感恩之情。道理很简单，这样的人，往往唯我独尊，一切都是他对，他从来都没有错，对于别人给予他的帮助，特别是指出他的错误、弥补他闪失的帮助，他怎么会在意呢？不仅不会在意，而且还可能会觉得这样的帮助是多余是当面让他下不来台呢。这样的人，心如冰硬，似板结的水泥地，水是打不湿的，便也就难以再松软得能够钻出惊蛰的小虫来，鸣叫出哪怕再微弱的感恩之声来。

财富过大并钻进钱眼里出不来，和权力过重并沉溺权力欲望出不来的人，一般更容易缺乏感恩之情。因为这样的人会觉得他们是施恩别人的主儿，别人怎么会对他们施恩且需要回报呢？这样的人，大腹便便，习惯于昂着头走路，已经很难再弯下腰、蹲下身来，更难于鞠躬或磕头感恩于人了。

虽说大恩不言谢，但是，感恩一定不要仅发于心而止于口，对你需要感谢的人，一定要把感恩之意说出来，把感恩之情表达出来。美国曾经有这样一则传说，一个村子里，一家人围坐在餐桌前吃饭，母亲端上来的却是一盆稻草。全家人都很奇怪，不知道这究竟是怎么一回事，母亲说："我给你们做了一辈子的饭，你们从来没有说过一句感谢的话，称赞一下饭菜好吃，这和吃稻草有什么区别！"

连世上最不求回报的母亲都渴望听到哪怕一点感谢的回声，那么，我们对待别人给予的帮助和恩情，就更需要把感恩的话说出来。那不仅是为了表示感谢，更是一种内心的交流，在这样的交流中，我们会感到世界因这样的息息相通而变得格外美好。

我在报上看到这样一则消息：湖南两姊妹小时候一次落水，被一个好心人救起，那人没有留下姓名就走了。两姊妹和她们的父母觉得，生命是人家救的，却连一声感谢的话都没有对人家说，发誓一定要找到这位恩人。他们整整找了二十年，两姊妹的父亲去世了，她们和母亲接着千方百计地寻找，终于找到了这位恩人，为的就是感恩。两姊妹跪拜在地上向恩人感恩的时候，她们两人和那位恩人以及过路的人禁不住流下了眼泪。这事让我很难忘怀，两姊妹漫长二十年的行动告诉我，到什么时候都不要忘记对有恩于你的人表示感恩。而感恩的那一瞬间，世界变得是多么的温馨美好。

我永远也不会忘记几年前的一件事情。那天，我在崇文门地铁站等候地铁，一个也就四五岁的小男孩，从站台的另一边跑了过来。因为是冬天，羽绒服把小男孩撑得圆嘟嘟的，像个小皮球滚动过来。他问我到雍和宫坐地铁哪站近，我告诉他就在他的那边。他高兴地又跑了回去，我看见那边他的妈妈在等着他。等了半天，地铁也没有来，我走了，准备上去找个"的"。我已经快走到楼梯最上面的出口处了，听到小男孩在后面"叔叔，叔叔"地叫我。我不知道他要干什么，便站在那里等他，看着他一脑门子热汗珠儿地跑到我的面前，我问他有事吗，他气喘吁吁地说："我刚才忘了跟您说声谢谢了。妈妈问我说谢谢了吗，我说忘了，妈妈让我追您。"我永远不会忘记那个孩子和那位母亲，他们让我永远不要忘记学会感恩，对世界上不管什么人给予自己的哪怕是再微不足道的帮助和关怀，也不要忘记了感恩。

尊重

读中学的时候，我和一位女同学很要好，她住在我家的斜对面，星期六晚上常常到我家来玩。那时，我们都喜欢看书，书便成了药引子，由书再扯到别的，一聊就是半夜。正是青春萌动的时期，男女同学坐在一起，伴着青春刚刚苏醒的脉搏，书和聊天，都染上异样的色彩。时间，便不知不觉过得飞快，仿佛一眨眼的工夫，时钟的分针、时针便走到一起并站在最高处了。

我们的友情中，自然还有一些似是而非的恋情。从初三一直维持到高三毕业，几乎每星期六晚上，无论风霜雨雪，都是在我家这样度过的。

那时，我家有里外两间小屋。爸爸妈妈睡在里间，我和弟弟睡在外间。爸爸妈妈从未因为我们一聊聊到半夜而出来干涉、责骂或旁敲侧击过我们一次。有时，他们实在困了，或第二天还要加班，便早早躺下，悄悄地熄灭里屋的灯，绝不影响我们交谈。

那些个青春气息和夜晚的青草悄悄滋生的星期六夜晚，我们常常因交谈的投入、忘情、兴奋，而忽略了爸爸妈妈乃至整个世界的存在。但他们就在我们的身边，默默地为我们祝福。他们相信自己的孩子，无声胜似有声的爱，弥漫在无数个星期六晚上的夜色之中。

我懂得，这就是尊重。

我弟弟长大了，不喜欢学习，偏偏喜欢足球。每到期末考试后，弟弟总要拿回一门或两门不及格的考卷。老师总要找家长去学校，严厉地批评弟弟，希望家长抓紧。每逢这时，我都替弟弟羞愧难当。我便在假期里，替弟弟出许多张试卷，帮助他补习功课。因为我在学校是连年优良成绩的获得者，有一两门功课不及格，简直不可思议。起初，爸爸妈妈很支持我。但从初一到初三，效果并不佳，弟弟依旧不及格，对我的补课只是应付，心思还在足球上。爸爸妈妈先对我说："你也别费这心了！既然想踢球，就让他去踢得了！"然后，他们又对弟弟说："行行出状元！凭一张嘴，侯宝林的相声、陆春龄的笛子，都成了绝活。踢球也一样，只要你下决心踢出个名堂来！"为此，弟弟很得意。为此，我和爸爸妈妈争论过。为此，弟弟多费了几双回力牌球鞋，多花了不少爸爸妈妈的辛苦钱——他们给弟弟买了不少营养品。弟弟踢进了北京市少年体校足球队。那一支少年足球队即将升级为北京青年二队时，"文化大革命"爆发了。爸爸妈妈没有埋怨过弟弟。因为有了爸爸妈妈的那一份情爱，弟弟在童年和少年时的足球梦才五彩缤纷，从不迷茫。

弟弟懂得，这就是尊重。

儿子今年即将十六岁了。他长得比我十六岁时还高，嘴唇上长满和我那时一样如春天新生的茵茵草坪般的茸毛了。竟这样飞快，我长到和当年爸爸妈妈一样的年龄了。生命在儿子的身上延续，岁月却在我身上苍老。

一天，狂风大作，我从外面回家有些感冒，看见儿子只穿一件背心，一边冲着感冒冲剂一边说："快穿上衣服，小心感冒！"他应声着，却不见穿衣服。我便接着冲他喊："听见没有？快穿上衣服！"他还是应着声，照样不见动静。我有些生气："你是怎么回事，说你这么半天了，还不穿衣服？等感冒可就晚了！"他顶了我一句："谁像你这么爱感冒？"

还顶嘴？我一听，更来火了，扔过衣服给他，非让他当着我的面把衣服穿上不可，还指着窗外怒吼的大风对他吼道："你看看是什么天气！"儿子万般无奈，只好套上了衣服。事后，他对我说："爸，我希望你别认为你会感冒便认定我也会感冒，你想干的事我也想干！"他又说："你得尊重点儿我的意见！"

儿子喜欢罗大佑。罗大佑以前出的几盘磁带，他都买了。前不久，他看见罗大佑新出的《恋曲 2000》，便毫不犹豫买下了。把磁带放进录音机听了一遍，他对我说："除了个别曲子还好，整体水平不如他的上一盘磁带《恋曲 1990》。我不喜欢！"

我问他："既然买的时候还不知道喜欢不喜欢，为什么那么急着买？"他望了我一眼，说："罗大佑从上一盘磁带到这一盘磁带，花了整整六年时间，不是所有人都这样认真的。我买它，是对他的尊重！"

草有时比花漂亮

草有时比花漂亮，这话其实并不准确，因为大部分的草都应该也是开花的，只不过，它们大多数的花很小，我们几乎看不见，或者基本忽略了它们，甚至鄙夷不屑地认为：它们居然还会开花？

我到现在也不知道，花和草的历史到底谁的更长。《诗经》和《楚辞》里，就已经有很多花草的名字出现了，它们的历史大概一般长吧？不过，读白居易的《赋得古原草送别》一诗，草生在古原之上，没听说什么花也是生在古原的。而且，李时珍有《本草纲目》一书，专门为草作传，草还有着那样多治病救人的药用，便对草平添一份好奇和敬意。

对于我们这一代在北京四合院里长大的孩子，认识最早最多的草，是狗尾巴草。那种草的生命力最顽强，属于给点儿阳光就灿烂的主儿，在大院墙角，只要有一点儿泥土，就能长得很高，而且是密密地挤在一起，就像我们小时候玩"挤狗屎"的游戏，大家拥挤在一起看谁把谁挤出人堆。夏天，狗尾巴草尖上长出毛茸茸的东西，我不知道是不是它们的花，我们男孩子常常会揪下草尖，将毛茸茸的东西探进女孩子的脖领里，逗得她们大呼小叫。

狗尾巴草还会爬上房顶，长在鱼鳞瓦之间。那时候，我很奇怪，连接瓦之间的土都已经硬得板结，它们是怎么扎下根的呢？房顶上的狗尾巴草，不能如墙角的草一样长得高，但比墙角的草活得长。到了秋天，一片灰黄，它们依旧摇曳在风中，即使冬天到了，墙角的草早已经没有了踪影，它们还是摇曳在风中，只是少了很多，稀疏零落的，像老爷爷下巴上的山羊胡子。

我对我曾经度过童年少年和整个青春期的大院的回忆，少不了狗尾巴草。大院里，有很多色彩鲜艳芬芳四季的花木，但是，不能少了狗尾巴草，就像我们大院里那位老派的学究的桌前，少不了一盆蒲草。蒲草，是他的清供，自是高雅；狗尾巴草，是我童年的伙伴，是如今老年回忆中少不了的一味解药。

离开大院，我到北大荒去了六年。那六年，说是开垦荒原，所谓荒原，是一片荒草甸子。但是，至今我也没有弄清楚，那一片无边的萋萋荒草，究竟叫什么名字。它们浅可没膝，高可过头，下面有时会是随时可以拉人沉底的沼泽。狂风大作时，它们呼啸如雷，起伏跌宕，摇晃得仿佛天际线都在跟着它们一起摆动。特别是开春时节，积雪化净，干燥的天气里，草甸子常常会突然冒起荒火，烈焰腾空，一直烧到天边。那些草，可谓边塞的豪放派，我们大院里的狗尾巴草，只能属于婉约派了。

在北大荒时，当地老乡常对我说去打羊草。我不知道荒草甸子的草是不是大多属于羊草，用来喂牲口的，应该是那种叫作苜蓿草的。野生的苜蓿草，在北大荒很多，但一般不会生长在沼泽地里。那些生长在沼泽地里的荒草，很长，很粗，韧性很强，不容易扯断。当地的老乡和我们知青的住房，都是用这种草和上泥，拧成拉合辫，盖起来草房，再在房子的里外抹上一层泥，房顶上抹上一层。别看是草房，冬天却很保暖，荒原上的荒草，居然派上这样大的用场。当年在北大荒的时候，并没有觉得什么，现在，看到公园里修建得平整如茵茵地毯一样的草坪，再想起它们，贫寒的它们，没有草坪的贵族气息，却更接地气，曾经温暖过我整个的青春。

在北大荒，我见过最多的草，一种是乌拉草，一种是萱草。号称北大荒三件宝，貂皮人参乌拉草。传说冬天将它们絮在鞋子里，可以保暖。有一年，我的胶皮底的棉鞋鞋底有些漏，雪水渗进去，很冷，絮上乌拉草，别说，还真管用，帮我抵挡了一冬的严寒。

夏天的时候，成片成片的萱草开着黄色的喇叭花，花瓣硕大，明艳照人。在它们还没有绽开花瓣的时候，赶紧摘下来，晾干，就是我们吃打卤面时放的黄花菜，北大荒的特产。那时候，我是把它们当作花的，从来没有认为是草，但它们确实是草。

现在想来，萱草应该属于草里的贵族了。草里面开那么大那么长花朵的，我还真的没有见过。后来，读孟郊诗"萱草生堂阶，游子行天涯。慈亲倚门望，不见萱草花"，想起年轻时北大荒的萱草，不禁心生感喟，我看见的是成片成片壮观的萱草花，母亲却看不见，但母亲的堂前明明也是有萱草花在开着呀，因为母亲望着的是天边久不归家的儿子。对于萱草，我不再认为属于贵族，而属于亲情。

属于贵族的草，如今大概是薰衣草了。不知从何时，薰衣草被大片引进种植，普罗旺斯成了高贵的背景。

去年，我去密云一家山地公园，吸引众多人前往的，是那里有一片薰衣草。拍照的人，一拨紧接一拨，成了流水的兵，薰衣草成了铁打的营盘，被宠爱有加。不仅如此，还被制成薰衣草口味的冰激凌，在那里专卖。

今年，我去广东新会，在巴金写过的"小鸟的天堂"前，有一片跟薰衣草一样紫色的园地，很多人呼叫着薰衣草像呼叫着情人的名字一样，奔向前去拍照。拍完照后，才发现草地前立有一块小木牌，上面写着"鼠尾草"。鼠尾草和薰衣草的确像是双胞胎姊妹，虽长得很像，鼠尾草却只能是薰衣草的替身。如果薰衣草是属于草中的贵族，鼠尾草大概属于平民了，因为它们很常见，几乎在所有的公园里都能够见到。

就像在一般人眼里，花要比草高级，草中也确实是有这样贵贱之分的，在我国古代就早已有草芥之说。这不过是人群中的社会学划分在花草中的折射而已。看苏联作家帕乌斯托夫斯基的《一生的故事》，他把苣荬草说成是草中的灰姑娘。苣荬草就是我们北大荒司空见惯的羊草，岁岁枯荣，任人践踏。同样是草，只能喂牲口，不能如萱草一样给人吃，更不能如薰衣草一样为人作拍照的背景，甚至可以制成冰激凌吃。大自然中，如这样卑微的草有很多，多得我根本叫不上它们的名字。

我很惭愧，能够叫得上名字的草，即使不是如薰衣草一样出自洋门或名门，也都大多有些来头或说头。有时候会想，我就像一个势利鬼，不可救药地狗眼看草低。

我最早认出以前没见过却在书中早就听说的草，是酢浆草，是那种长着紫色叶子开着浅紫色小花的酢浆草。我认识了它并记住了它，不仅是因为它的五瓣小花漂亮如小小的五角星，三角形的叶子像蝴蝶的翅膀，还因为它的名字，有点儿洋气，便自以为觉得有点儿不同寻常，其实，就是虚荣心作怪。我才发现，我们人对花草的认识，来自根深蒂固的心里的潜意识。所有关于草的高低贵贱，都来自我们对社会对人生对文学对艺术浅薄的认知。

还有一种草，我也是早在少年读书时就读到过但一直没有见过的猪笼草。这种草可以吃虫子，很有意思。一直到十几年前，我去新加坡，参观植物园，才第一次见到猪笼草，有大有小，长着长圆形的口，像姜太公钓鱼一般，坐等着虫子上钩。在植物园的小卖部里，有卖猪笼草的，将它密封进一个水晶玻璃中，很是好看，我买了一个带回家，算是圆了一个少年时候的梦。

另外有一种草，是我心里一直残存的一点梦想和想象。它叫作书带草，其实就是麦冬草。这种草，很常见，并不是多么名贵的草。我也是在书中认识的它，而且在书中还知道了关于它的传说，说它和书生读书或抄书相关，后来又读到梁启超集的宋诗联"庭下已生书带草，袖中知有钱塘湖"，便对它充满想象。更重要的，是20世纪70年代末和90年代末，以及2009年，我三次去扬州，拜谒史可法墓，都在祠堂前看到了青青的书带草，爬满阶前和甬道两旁。在我的眼里，它们是史可法的守护神，虽然柔细弱小，却集合如阵，簇拥在祠堂前，也簇拥在史可法墓前。那些书带草，让我难忘，总会让我想起与史可法一样的英雄文天祥的《正气歌》，便觉得这一片青青的书带草，应该叫作正气草。

生命平衡的力量

不知道你相信不相信，无论什么样的生命，在短促或漫长的人生中都需要平衡，并且都会在最终得到平衡的。漂亮的白雪公主自然有其漂亮面庞的如意，却也有后母的嫉妒、派人追杀，以及毒梳子和毒苹果的危险等不如意；不漂亮的灰姑娘自然有其悲惨的种种不幸，却也有其终成正果的美好回报。眼睛瞎了，意大利的安德烈·切波里却成为著名的盲人歌唱家；腿残疾了，爱尔兰的克里斯蒂·布朗却用唯一能够活动的左脚敲打键盘，成为著名的作家。个子高的，如姚明，自然成就了他的事业，他可以到美国的 NBA 去打篮球，风光无限；个子矮的，就一定不如个子高的吗？如拿破仑，按现在的标准大概得是"二级残废"了，却不妨碍他成为盖世的英雄。

这就像《红楼梦》里所说的：大有大的难处，小有小的好处。这也就像《伊索寓言》里所讲的：高高的长颈鹿可以吃得着高高树枝头上的叶子，却没办法走进院子的矮小的门；矮矮的山羊吃不着高高树枝头上的叶子，却轻而易举地走进了矮小的门。

懂得了生命中的这一点意义，不仅是让我们不必为我们自身的长处而骄傲，不必为我们自身的短处而悲观，也不仅是让我们知道拥有得再多，总会有失去的时候，失去得再多，总会有得到补偿的机会，更重要的是，让我们充分去体味到生命其实是一条流淌的河。"乱石穿空，惊涛拍岸，卷起千堆雪"，是生命中的一种情景；"潮平两岸阔，风正一帆悬"，也是生命的一种情景。一条河在流淌的过程中，不可能总是前一种风景，也不可能总是后一种风景，它要在总体流量的平衡中才会向前流淌，一直流入大江大海。因此，我们不必去顾此失彼，我们不必去刻意追求某一点，从而在这样生命的平衡中，让我们的心态更加从容，让我们的生活更加平和，让我们的人生是一幅更加舒展的画卷。

今年我去土耳其，遇见当今被称为土耳其首富的萨班哲先生。说萨班哲先生是土耳其的首富，并不虚传，并不夸张，在大街上所有跑的丰田汽车，都是他家生产的，凡是有蓝底白字SA字母牌子的地方，都是他家的产业，凡是有蓝底白字SA字母商标的东西，都是他家的产品。在土耳其，SA的标志，俯拾皆是；萨班哲的名字，家喻户晓。

如此富有的人，却也有命运不济的地方，他的两个孩子，一个儿子、一个女儿，都有残疾、智障。命运，就是和他这样开着残酷的玩笑。他却以为这其实就是生命给予他的一种平衡，而不去怨天尤人。他的想法，和我们古人的想法很有些相似之处：人有悲欢离合，月有阴晴圆缺，此事古难全。想到生命这样的一点平衡的意义，他的心也就自然平衡了。命运在一方面给予他别人无法企及的财富，在另一方面便给予他对比如此触目惊心的惩罚。他想开了，惩罚也可以变成回报，两者之间沟通的桥需要的就是生命的平衡力量。他便将他那么富裕的钱，不是仅仅为了留给他的两个孩子，而是在伊斯坦布尔修建了一座残疾人的公园，公园里所有的器械都是为残疾人专门设计的，就连游乐场上的摇椅，都有供残疾人不用离开轮椅而自动坐上坐下的自动装置。他希望以自己能够做到的事情来平衡更多残疾人不如意的生活，从而使自己不如意的生活达到新的平衡。

萨班哲先生已经七十有余，如此富有，却非常"抠门儿"。传说他一直到现在，依然是一天只抽一支雪茄，上午和下午各半支；依然是一天只喝一小杯威士忌，是在一天工作完太阳下山之后坐下来喝。但到了该花钱的时候，他一掷千金，如伊斯坦布尔的这座残疾人公园。他在富有和贫穷、健全与残疾、得到与失去中寻找到了自己的平衡。

那天，我们去参观以他的名字命名的萨班哲博物馆。博物馆就建在博斯普鲁斯海峡的岸边，进可以观各种名画和《古兰经》，外可以看海水蔚蓝海鸥翩翩和博斯普鲁斯大桥的巍峨壮观，真是非常的漂亮。这里原来是他的私人住宅，他捐献出来改建成了这座博物馆。在这座博物馆里，最有趣的是一间陈列室里，挂满的都是萨班哲先生的漫画。萨班哲先生请来土耳其的漫画家们，让他们怎么丑怎么画，越丑越好，画成了这样满满一屋子的漫画。有时候，他到这里来看一屋子包围着他的、画着他的那一幅幅丑态百出的漫画，他很开心，他在这里找到了在外面被人或鲜花或镜头所簇拥着、恭维着所没有的平衡，他在这里找到了在两个残疾、智障孩子给予他的痛苦中所没有的欢乐。萨班哲先生真是洞悉了世事沧桑，彻悟到了人生三味。他实在是一个智慧的老头儿，懂得平衡的艺术真谛。

我们能够拥有他这样洒脱而潇洒的心态吗？我们能够拥有他这样宠辱不惊的自我平衡的力量吗？如果我们也一样拥有，我们的人生就会和萨班哲先生一样过得充实而愉快，而不会因一时的得意而忘乎所以，因一时的失意而绝望到底，我们便和萨班哲先生一样在世事的跌宕中历练自己，在生命的平衡中体味到人生的意义。

人的一生，从来不可能只有不是天堂就是地狱非此即彼的选择，而总是在这两者之间有一种平衡力量的显示。这样，我们的生命处于一种能量守恒状态中，对生活中所呈现的极端才不会或得意忘形或惊慌失措，比如：有时候我们会处于睡眠状态，有时候我们会处于亢奋状态；有时候我们会如孔雀开屏四面叫好，有时候我们会如老鼠钻木箱两头挨堵；有时候我们需要抹龙胆紫，有时候我们需要搽变色口红；有时候我们需要开塞露，有时候我们又需要润肤霜……生命就是在这样的阴阳契合、内外互补、得失兼备和相辅相成中达到平衡。寻找这样的平衡，便会寻找到生活的艺术，寻找到生命和人生的意义。生命平衡的力量，其实就是我们平常生活的定力，是我们琐碎人生的定海神针。

| 美丽的脆弱

我有一个朋友，假期没有像有的人那样往风景热闹的地方跑，偏偏跑到了当年他插队的地方。那是一个叫作西尔根的地方，很动听也很陌生的名字。他走之前，全家没有一个人同意他去。是啊，都离开那里二十六年了，没有任何一点儿的联系，干吗心血来潮非要去那里？他偏偏就是一意孤行，只好偷偷地离开家，上了奔向内蒙古草原的火车。就像二十六年前他离开北京去西尔根那天一样，也是独自一人，傍晚的夕阳火红但显得有些凄清。

其实，上了火车，他自己也没明白为什么一根筋似的非要大老远地跑一趟那里。也许就像罗大佑的歌里唱的那样："眼看着高楼盖得越来越高，我们的人情味却越来越薄；苹果价钱卖得没以前高，或许现在味道变得不好；就像彩色的电视机越来越花哨，能辨别黑白的人却越来越少……"久居城市，天天见到的都是这些钢筋水泥和上了油彩化妆的脸，心都磨出了厚厚的老茧，硬得油盐不进，真是容易让人心烦意乱，他要躲个清静，突然想起了离开了二十六年的那个遥远的草原？

他说不清，他是个强悍的人，想好的事就要去做，不会在关键的时候弱下来。坐了一天一夜的火车，又坐了大半天的汽车，他就是要奔向那个叫作西尔根的地方。这地名对家人陌生得犹如在天外另一个星球之上，对他却是比世界上任何一个旅游胜地或其他辉煌的地名都要刻骨铭心。望着窗外奔驰而过的北方原野，他愣是一天一夜在火车上没合眼。

他终于见到了西尔根，和在西尔根他想见的人。他曾经在那里度过了整个青春期，那个地方怎么能够像吃鱼吐刺似的轻易地剔除得掉呢？许多和青春连在一起的东西和地方，不管好坏，都是难以忘掉的。西尔根，西尔根，有时会在心中叫着它，就像叫着自己的名字一样。

因为最后几年他当了民办老师，他教过的学生先是呼喊着"巴克西依乐咧"（蒙古语"老师来了"）都跑了过来，却不是他想象的样子，个个已经面目皆非。都是四十岁上下有了孩子的人了，有的还居然有了孙子，能不让他感慨流年暗换？

又听见了熟悉的蒙古语，又吃到了熟悉的扒羊肉，又喝到了熟悉的奶皮子，又闻到了熟悉的"乌了莫"拌炒米的香味和属于西尔根草原风中的清香……酒酣耳热之际，这些学生对他说："老师，我们给你唱首歌吧！"他以为是常见的蒙古族人喝酒时的唱歌助兴，那就唱吧，没想到他们忽然齐刷刷地站了起来，齐声声唱的竟是二十六年前自己教他们的那首歌。如果不是他们唱，他几乎都要忘光了，他一辈子就自编了这么一首歌，二十六年了，他们居然还记得。记得这么清清楚楚！不知怎么搞的，他当着那么多的学生，一下子竟泪流满面。

他才发现自己原来并不那么坚强，竟然这样脆弱。一首陈年老歌就让自己的眼泪没出息地流出来。

其实，有时候，人心需要一点脆弱。我们太崇尚所谓的强人和牛仔硬汉，其实，时时都是那样坚强，像时时穿着盔甲、举着盾牌似的，会让人受不了。就像城市要是处处都变成坚强的钢筋水泥，露不出一点儿见泥见土的地方，就不能让雨水渗进去，滋润出一片青草或一匹绿荫。如果我们还能够在行色匆忙之中偶然被一首陈年老歌或被一点儿小事所打动，说明我们还有可救药。

你还能够感动得流泪吗

有一天，俄罗斯著名的油画家列维坦独自一人到森林里去写生。当他沿着森林走到一座山崖的边上，正是清晨时分。他忽然看到山崖的那一边被初升的太阳照耀出他从来没有见过的一种美丽景色的时候，他站在山崖上感动得泪如雨下。

同样，德国的著名诗人歌德，有一次听到了贝多芬的交响乐，被音乐所感动，以致泪如雨下。另一位俄罗斯的文学家托尔斯泰，听到柴可夫斯基的第一弦乐四重奏第二乐章《如歌的行板》的时候，一样被音乐感动而热泪盈眶。

无论是列维坦为美丽的景色而感动，还是歌德和托尔斯泰为动人的音乐而感动，他们都能够真诚地流下自己的眼泪。如今，我们还能够像他们一样会感动、会流泪吗？

提出这样的问题，是因为我们现在面对世界的一切值得感动的事情，已经变得麻木，变得容易和感动擦肩而过，或根本掉头而去，或司空见惯得熟视无睹而铁石心肠。我们不是不会流泪，而是那眼泪更多的是为一己的失去或伤心而流，不是为他人而流。

回答这样的问题，首先要问列维坦、歌德和托尔斯泰，为什么会被仅仅是一种客观的景色、一种偶然的音乐而感动？那是因为他们的心中存有善良而敏感的一隅。感动的本质和核心是善，失去或缺少了内心深处哪怕尚存的一点点善，感动就无从谈起，感动就会如同风中的蒲公英离我们远去。

所以，我说：善是感动深埋在内心的根系，只有内心里有善，才能够长出感动的枝干，因感动而流下的眼泪，只是那枝头上迸发开放出的花朵。

内心里拥有善，才会看见弱小而感动得自觉前去扶助，才会看见贫穷而情不自禁地产生同情，才会看见寒冷而愿意去雪中送炭。善是我们内心最可宝贵的财富，是我们民族历史中最可珍惜的传统，是我们彼此赖以生存和心灵相通的链环。悲欢离合一杯酒，南北东西万里程，沉淀在我们酒液里的和融化在我们脚步中的，都是这样一点一滴播撒和积累下的善，让我们在感动别人的同时，也被别人所感动着，从而形成一泓循环的水流，滋润着我们哪怕苦涩而艰难的日子，帮助我们度过相濡以沫的人生。

在一个商业时代里，有的人迅速发财致富，富得只剩下钱了，可以去花天酒地，一掷千金，却唯独缺少了善，感动自然就无从谈起。欲望在膨胀，善已经被钱蛀空，爱便也就容易移花接木蜕变成了寻花问柳的肉欲，感动自然就容易被感受和性感所替代。虽然，感受和感动只是一字之差，感受却可以包括享受在内一切物质的向往和欲望，感动却是纯粹属于精神范畴的活动。因此，感受是属于感官的，感动是属于心灵的。感受是属于现实主义的，感动是属于浪漫主义的。就不要再拿性感和感动相比了，虽然那也只是一字之差，却早已经是差之千里。

所以，有的人可能自己依旧不富裕，但内心里依然保存着祖传下来的那一份善，将如今已经变得越发珍贵的感动保留在自己的内心，他的内心便是富有的，如一棵大树盛开出满枝的花朵，结出满枝的果实。

在一个商业社会里，貌似花团锦簇的爱很容易被制作成色彩缤纷的各种商品，比如情人节里用金纸包裹的玫瑰或圣诞节时以滚烫语言印制的贺卡，以及电视中将爱夸张成为卿卿我我不离嘴的肥皂剧，有时也会让你感动，那样的感动是虚假的，如同果树上开的谎花儿，是不结果的。而在这样的商业社会里，善是极其容易被忽略和遗忘它存在的重要性和必要性。因为善不那么张扬，不像被涂抹得猩红的嘴唇，抒发出抒情的表白。善总是愿意默默地，如同空气一样，看不见却无时不在你的身旁才对。因此，感动，从来都是朴素的，是默默的，是属于一个人的，你悄悄地流泪，悄悄地擦干。

再说一句，善，一般是和"慈"字连在一起的。慈善，是一种值得敬重的美德。慈善事业，是一种积德的美好事业。慈者，就是爱的意思，古书中说："亲爱利子谓之慈，恻隐怜人谓之慈。"在家者，为之慈母、慈父、慈子；在外者，则为之慈善。我们不可能只待在窄小的家里，我们都需要推开家门走到外面去，我们便都需要为别人播撒爱和善的同时，也需要别人为我们播撒爱和善。爱和善，就是这样紧密地联系在一起，繁衍着人类的生存，绵延着爱的滋润。而真正的感动就是在它们的根系下繁衍不绝的。世界上爱和善越来越多，被我们感动的事情就越来越多。

伟大的音乐家贝多芬曾经说过："没有一个善良的灵魂，就没有美德可言。"没错，善是我们不可或缺的美德，感动就是我们应该具有的天然品质。或许，感动而泪如雨下，显示了我们人类脆弱的一面，却也是我们敏感、善感而不可缺少的品质。我们还能不能够被哪怕一丝微小的事物而感动得流泪，是检验我们心灵品质的一张 pH 试纸。

风中华尔兹

那天的晚上，风很大，公共汽车站上没几个人等车，车好久没有来，着急的人打的早走了，剩下的人有些无奈。这时候，走过来一个姑娘，黑暗中看不清她的面孔，但个头高挑，身材苗条，穿着一条长摆裙子，很是养眼。但公共汽车并没有因养眼的姑娘的到来而提前进站，等车的人们还在焦急地望眼欲穿，有人在骂街了。

不知这位高个的姑娘是刚逛完商厦，还是刚赴完晚宴，或是刚刚下班，总之，她显得神情愉悦，一点儿也不着急，竟然伸展修长的手臂，在站牌下转了两圈。那是几步华尔兹，风兜起她的长裙，旋转成了一朵盛开的花，汽车站仿佛成了她的舞台。

这一幕，留给我的印象很深，记得那一晚的站牌下，对这位突然情不自禁地跳起华尔兹的姑娘，有人欣赏，有人侧目，有人悄悄说：神经病！我当时想，同样的夜晚，同样的大风，同样的焦急，姑娘在自娱自乐之中化解焦灼的华尔兹，舞出的是本事，不也是一种平和的心态吗？

有一天，我路过我家附近不远的一个小区，小区的大门口有一间不大的收发室，收发室的窗前挂着一块小黑板，黑板上密密麻麻地写着几门几号有挂号信，几门几号有汇款单，无论是阿拉伯数字，还是汉字，都写成斜体的美术字，分外醒目。一笔一画，一丝不苟，写得正经不错。走过那么多的小区，还从没见过哪里的收发室前的小黑板上有这样好看的美术字呢。

有意思的是，我看见收发室里坐着一个小伙子，正拿着笔，正襟危坐，往纸上写着什么。好奇心驱使我走了过去，和小伙子打招呼，一看他正在练美术字，双线镂空的美术字，满满地写在了一张废报纸上。我夸他写得真好，他笑着说天天坐在这里没事，练练字解闷呗！

其实，解闷的方法有多种，喝喝小酒，看看电视，下下棋，都可以解闷。小伙子选择了写美术字，即使往小黑板上写邮件通知，也要用美术字写得那样整齐好看，就像学校里出黑板报一样正规。我对这个小伙子心生敬意，因为并不是什么人都有他这样的本事，能够将日常琐碎的事情做得如此赏心悦目，让自己，也让别人看着舒服。

前两天，在网上看到浙江湖州一位叫作李云舟的小伙子，和我见过的这个小区用美术字写黑板的收发室小伙子，有异曲同工之妙。李是一个小区的保安，他向他的主管提了好多建议，都没有被采纳，一气之下，不干了。不干就不干呗，可他的辞职信竟然是用文言文的赋体形式写成的。你可以说他怀才不遇，你也可以指出他的确有这样那样的毛病，但你不得不承认，那赋古风悠悠，洋洋洒洒，有典故，有文采，还有他抑制不住的心情，或者有那么一点自尊和自命不凡。于是，这篇赋体的辞职信迅速在网上走红，被戏称为"中国第一赋辞"，而李也被称之"湖州第一神保"。

生活中，并不是每天都会下雨，也不是每晚都有星星；花好月圆总是属于少数人，月白风清总是属于幸运儿。大多的人，大多的日子，却是庸常琐碎、寡淡无味，甚至会有许多苦涩和不如意，怀才不遇的折磨会更多。能够如这两位小伙子，即使写再平常不过的邮件通知，也要写成与众不同的斜体美术字；即使写再卑微不过的辞职信，也要写成一唱三叹的赋体。我想，这也许就是我们常常说的一种对生活的态度吧？是古诗里说的：行到水穷处，坐看云起时；是罗大佑唱过的：胜利让给英雄们去轮替，真情要靠我们凡人自己努力；是那位大风里焦急候车的姑娘，将生活化为了华尔兹。让哪怕是滋生出来那一点点儿的艺术，也会有些许快乐，温暖我们自己的心！

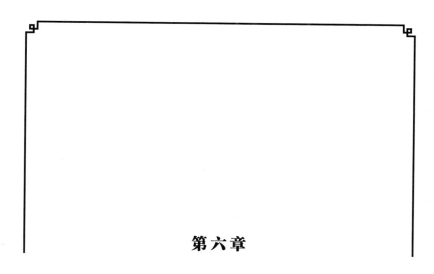

第六章

阳光温暖，岁月悠然

窗前的母亲

在家里，母亲最爱待的地方就是窗前。

自从搬进楼房，母亲很少下楼。我们都嘱咐她，她自己也格外注意，她知道楼层高楼梯又陡，自己老了，腿脚不利落，磕着碰着，给孩子添麻烦。我们在家的时候，她和我们一起忙乎着做饭等家务，脚不识闲儿。我们一上班，孩子一上学，家里只剩下她一个人，没什么事情可干，大部分的时间里，她就是待在窗前。

母亲的房间，一张床紧靠着窗子，那扇朝南的窗子很大，几乎占了一面墙，母亲坐在床上，靠着被子，窗前的一切就一览无余了。阳光总是那样的灿烂，透过窗子，照得母亲全身暖洋洋的，母亲就像一株向日葵似的特别爱追着太阳烤着，让身子有一种暖烘烘的感觉。有时候，她不知不觉地就倚在被子上睡着了。一个盹儿醒过来，睁开眼睛，她就会接着望着窗外。

窗外有一条还没有完全修好的马路，马路的对面是一片工地，恐龙似的脚手架，簇拥着正在盖起的楼房，切割着那时湛蓝的天空，遮挡住了远处的景色。由于马路没有完全修好，来往的车辆不多，人也很少，窗前大部分时间是安静的，只有太阳在悄悄地移动着，从窗子的这边移到了另一边，然后移到了窗后面，留给母亲一片阴凉。

我们回家时，只要走到楼前，抬头望一下家里的那扇窗子，就能够看见母亲的身影。窗子开着的时候，母亲花白的头发会迎风飘起，窗框就像一个恰到好处的画框。等我们爬上楼梯，不等掏出门钥匙，门就已经开了，母亲站在门口。不用说，就在我们在楼下看见母亲的时候，母亲也望见了我们。那时候，我们出门永远不怕忘记带房门的钥匙，有母亲在窗前守候着，门后面总会有一张温暖的脸庞。即使我们回家很晚，楼下已经是一片黑乎乎的了，在窗前的母亲也能看见我们。其实，她早已老眼昏花，不过是凭感觉而已，那感觉从来都十拿九稳，她总是那样及时地出现在家门的后面，早早地替我们打开了门。

母亲最大的乐趣，是对我们讲她这一天在窗前看见的新闻。她会告诉我们今天马路上开过来的汽车比往常多了几辆，今天对面的路边卸下好多的沙子，今天咱们这边的马路边栽了小树苗，今天她的小孙子放学和同学一前一后追赶着，跟风似的呼呼地跑，今天还有几只麻雀落在咱家的窗台上……都是些平淡无奇的小事，但她有枣一棍子没枣一棒子地讲起来也津津有味。

母亲不爱看电视，总说她看不懂那玩意儿，但她看得懂窗前这一切，这一切都像是放电影似的，演着重复的或不重复的琐琐碎碎的故事，沟通着她和外面的世界，也沟通着她和我们。有时候，望着窗前的一切，她会生出一些东一榔头西一棒子的联想，大多是些陈年往事，不是过去住平房时的陈芝麻烂谷子，就是沉淀在农村老家时她年轻的回忆。听母亲讲述这些八竿子都打不到一起的事情的时候，让我感到岁月的流逝，人生的沧桑，就是这样在她的眼睛里和窗前闪现着。有时候，我偶尔会想，要是把母亲这些都写下来，才是真正的意识流。母亲在这个新楼里一共住了五年。母亲去世之后的好长一段时间，我出门总是忘记带钥匙。而每次回家走到楼下的时候，我总是习惯性地望望楼上家的窗户，空荡荡的窗前，像是没有了画幅的一个画框，像是没有了牙齿的一张瘪嘴。这时我才明白那五年时光里窗前曾经闪现的母亲的身影对我们是多么的珍贵而温馨；才明白窗前有母亲的回忆，也有我们的回忆；也才明白窗前该落有并留下了多少母亲企盼的目光。

当然，就更明白了：只要母亲在，家里的窗前就会有母亲的身影。那是每个家庭里无声却动人的一幅画。

荔枝

我第一次吃荔枝，是二十八岁的时候。那时，我刚从北大荒回到北京，家中只有孤零零的老母。我站在荔枝摊前，挪不动步。那时，北京很少见到这种南国水果，时令一过，不消几日，再想买就买不到了。想想活到二十八岁，我居然没有尝过荔枝的滋味，再想想母亲快七十岁的人了，也从来没有吃过荔枝呢！虽然一斤要好几元，挺贵的，咬咬牙，还是掏出钱买上一斤。那时，我刚在郊区谋上中学老师的职，衣袋里正有当月 42.5 元的工资，硬邦邦的，鼓起几分勇气。我想让母亲尝尝鲜，她一定会高兴的。

回到家，还没容我从书包里掏出荔枝，母亲先端出一盘沙果。这是一种比海棠大不了多少的小果子，每个都长着疤，有的还烂了皮，只是让母亲一一剜去了疤，洗得干干净净。每个沙果都显得晶莹透亮，沾着晶莹的水珠，果皮上的纹络显得格外清晰。不知老人家洗了几遍才洗成这般模样。我知道这一定是母亲买的处理水果，每斤顶多五分或者一角。居家过日子，老人家就这样节俭了一辈子。

不知怎么搞的，我一时竟不敢掏出荔枝，生怕母亲骂我大手大脚，毕竟这是那一年里我买的最贵的东西了。

我拿了一个沙果塞进嘴里，连声说"真好吃"，又明知故问多少钱一斤，然后不住地说"真便宜"——其实，母亲知道那是我在安慰她而已，但这样的把戏依然让她高兴。趁着她高兴的劲儿，我掏出荔枝："妈！今儿我也给您买了好东西。"母亲一见荔枝，脸立刻沉了下来："你财主了怎么着？这么贵的东西，你……"我打断母亲的话："这么贵的东西，不兴咱们尝尝鲜！"母亲扑哧一声笑了，筋脉突兀的手不停地抚摸着荔枝，然后用小拇指甲盖划破荔枝皮，小心翼翼地剥开皮又不让皮掉下，手心托着荔枝，像是托着一只刚刚啄破蛋壳的小鸡，那样爱怜地望着，舍不得吞下，嘴里不住地对我说："你说它是怎么长的？怎么红皮里就长着这么白的肉？"毕竟是第一次吃，毕竟是好吃！母亲竟像孩子一样高兴。

那一晚，正巧有位老师带着几个学生到我家做客，望着桌上这两盘水果有些奇怪。也是，一盘沙果伤痕累累，一盘荔枝玲珑剔透，对比过于鲜明。说实话，自尊心与虚荣心齐头并进，我觉得自己仿佛是那盘丑小鸭般的沙果，真恨不得变戏法一样把它一下子变走。母亲端上茶来，顺手把沙果端走，那般不经意，然后回过头对客人说："快尝尝荔枝吧！"说得那般自然、妥帖。

　　母亲很喜欢吃荔枝，但是她舍不得吃，每次都把大个儿的荔枝给我吃。以后每年的夏天，不管荔枝多贵，我总要买上一两斤，让母亲尝尝鲜。荔枝成了我家一年一度的保留节目，一直到三年前母亲去世。

　　母亲去世前是夏天，正赶上荔枝刚上市。我买了好多新鲜的荔枝，皮薄核小，鲜红的皮一剥掉，白中泛青的果肉蒙着一层细细的水珠，像一张张汗津津的小脸，仿佛跑了多远的路。是啊，它们整整跑了一年的长路，才又和我们阔别重逢。我感到慰藉的是，母亲临终前一天还吃到了水灵灵的荔枝，我一直认为这是天命，是母亲善良忠厚一生的报偿。如果荔枝晚几天上市，我迟几天才买，那该是何等的遗憾，会让我产生多少无法弥补的痛楚。

　　但是，我错了。自从家里添了小孙子，母亲便把原来给儿子的爱分给孙子一部分。我忽略了身旁"小馋猫"的存在，他再不用熬到二十八岁才能尝到荔枝的滋味，他还不懂得什么叫珍贵，什么叫舍不得，只知道想吃便张开嘴巴。母亲去世很久，我才知道母亲临终前一直舍不得吃一颗荔枝，都给了她心爱的馋嘴的小孙子吃了。

　　而今，荔枝依旧年年红。

苦瓜

原来我家有个小院，院里可以种些花草和蔬菜。这些活儿都是母亲特别喜欢做的。把那些花草蔬菜侍弄得姹紫嫣红，像是给自己的儿女收拾得眉清目秀，母亲的心里才舒坦。

那时，母亲每年都特别喜欢种苦瓜。其实这么说并不准确，是我特别喜欢吃苦瓜。刚开始，是我从别人家里要回苦瓜籽，给母亲种，并对她说："这玩意儿特别好玩儿，皮是绿的，里面的瓤和籽是红的！"我之所以喜欢苦瓜，最初的原因是它里面的瓤和籽格外吸引我。苦瓜结在架上，母亲一直不摘，就让它们那么老着，一直挂到秋风起时。越老，它们里面的瓤和籽越红，红得像玛瑙，像热血，像燃烧了一天的落日。当我掰开苦瓜，兴奋地看着这两片像船一样而盛满了鲜红欲滴的瓤和籽的瓜时，母亲总要眯缝起昏花的老眼注视着，露出和我一样喜出望外的神情，仿佛那是她的杰作，是她才能给予我的欧·亨利式的意外结尾，是她让我看到苦瓜最终具有了这朝阳般的血红和辉煌。

后来，我发现苦瓜做菜其实很好吃。无论做汤，还是炒肉，都有一种清苦味。那苦味，格外别致，既不会传给肉或别的菜，又有一种苦中蕴含的清香和苦味淡去的清新。

像喜欢院子里母亲种的苦瓜一样，我喜欢上了用苦瓜做的菜。每年夏天，母亲都会从小院里摘下沾着露水珠的鲜嫩的苦瓜，给我炒一盘苦瓜青椒肉丝。它成了我家夏日饭桌上一道经久不衰的家常菜。

自从这之后，我再见不到苦瓜瓤和籽鲜红欲滴的时候，因为再等不到那个时候了。

这样的菜，一直吃到我离开了小院，搬进了楼房。住进楼房，我依然爱吃这样的菜，只是再吃不到母亲亲手种、亲手摘的苦瓜了，只能吃母亲亲手炒的了。

一直吃到六年前母亲去世。

如今，我依然爱吃这样的菜，只是母亲再也不能到厨房为我亲手将青嫩的苦瓜切成丝，再掂起炒锅亲手将它炒熟，端上自家的餐桌了。

因为常吃苦瓜，便常想起母亲。其实母亲并不爱吃苦瓜。除了头几次，在我的怂恿下，她勉强动了几筷子，皱起眉头，以后便不再问津。母亲实在忍受不了那股异样的苦味。她说过，苦瓜还是留着看红瓤红籽好。可是每年夏天当苦瓜爬满架时，她依然为我炒一盘我特别喜欢吃的苦瓜肉丝。

最近看了一则介绍苦瓜的短文，上面有这样一段文字："苦瓜味苦，但它从不把苦味传给其他食物。用苦瓜炒肉、焖肉、炖肉，其肉丝毫不沾苦味，故而人们美其名曰：'君子菜。'"

不知怎么搞的，看完这段话，我想起了母亲。

生命不仅属于自己

　　母亲已经去世十几年了，怪得很，我还是常常在梦中见到她，而且是那样清晰，母亲一如既往地绽开皱纹纵横的笑容向我说着什么。一个人与一个人的生命就是这样系在一起，并不因为生命的结束而终结。

　　母亲晚年时，曾经得过幻听式精神分裂症，把她和我都折腾得不轻。记得那一年母亲终于大病初愈了，那时我刚刚大学毕业，在学校里教书。母亲好几年一直躺在病床上，消瘦了许多，体力明显不支，但总算可以不再吃药了，我和母亲都舒了一口气。记不得是从哪一天的清早开始，我被外屋的动静弄醒，忽然有些害怕。因为母亲以前得的是幻听式的精神分裂症，常常就是这样在半夜和清晨时突然醒来跳下床，我真怕她旧病复发，一颗心禁不住一下子提到嗓子眼儿。我悄悄地爬起来往外看，只见母亲穿好了衣服，站在地上甩胳臂伸腿弯腰的，有规律地反复地动着，那动作有些笨拙和呆滞，却很认真。看得出这是她自己编出来的早操，只管自己去练就是，根本不管也没有想到会被人看见。我的心里一下子静了下来，母亲知道锻炼身体了，这是好事，再老的人对生命也有着本能的向往。

母亲大概发现了她每早的锻炼打扰了我的懒觉，便到外面的院子里去练她自己编排的那一套早操，她的胳臂、腿比以前有劲了，饭量也多了，蓬乱的头发也梳理得整齐了。正是冬天，清晨的天气很冷，我对母亲说："妈，您就在屋子里锻炼吧，不碍事的，我睡觉比较死。"母亲却说："外面的空气好。"

也许到这时我也没能明白母亲坚持每早锻炼是为了什么，以为仅仅是为了她自己大病痊愈后生命的延续。后来，有一次我开玩笑说她："妈，您可真行，这么冷，天天都能坚持！"她说："练练吧，我身子骨硬朗点儿，省得以后给你们添累赘。"这话说得我的心头一沉，我才知道母亲所做的一切都是为了孩子，她把生命的意义看得这样直接明了。在以后的很多日子里，我常常想起母亲的这番话和她每天清早锻炼身体的情景，便常感动不已。一直到母亲去世那天，她都没有给孩子添一点儿麻烦。母亲无疾而终，临终的那一天，她如同预先感知即将到来的一切似的，将自己的衣服，包括袜子和手绢都洗得干干净净，整齐地叠放在衣柜里，连一件脏衣服都没有给孩子留下来。

也许，只有母亲才会这样对待生命。她不仅将生命看成是自己的，而且是关系着每一个孩子，她就是这样将她的爱通过生命的方式传递着。

我们常说一个人和一个人的感情是可以相通的，其实，一个人和一个人的生命更是可以相连的。

｜　娘的四扇屏

　　这一次来呼和浩特姐姐家，发现客厅的墙上多了两幅国画——一幅童子和牛，一幅展翅的飞鹰，都裱成立轴，尤其是牵牛的两个古代童子，面容清纯，憨态可掬，很是不错。一问才知道，是姐姐的大女儿退休之后上老年大学学画的。姐姐又说："这点随咱娘，咱娘手就巧，能描会画。"说着她指指客厅的另一面墙，对我说："你看，那就是咱娘绣的。"

　　我一看，墙上挂着四扇屏。屏中是四面四季内容的传统丝绣，一看年代就够久远了，缎面已经显旧，颜色有些黯淡。但是，丝线的质量很好，依然透着光泽，比一般的墨色和油画色还能保鲜。

　　春绣的是凤凰戏牡丹。牡丹的枝叶，被风吹动，蜿蜒伸展自如，柔若无骨；有趣的是凤凰凌空展翅，多情又有些俏皮地伸着嘴，衔着牡丹上面探出的一根枝条，像是用力要把这一株牡丹衔走，飞上天空。右上方用红丝线绣着两行小字：牡丹古人称"花王"。

夏绣的是映日荷花。绿绿的荷叶亭亭，粉红色的荷花格外婀娜，还横刺出一枝绿莲蓬。荷花上有一只蜜蜂飞舞，水草中有一只螃蟹弄水，有意思的是，最下面的浪花全绣成了红色。右上方也是用红丝线绣着两行小字：夏月荷花阵阵香。

秋绣的是菊花烹酒。没有酒，只有一大一小、一上一下，两朵金菊盛开，几瓣花骨朵点缀其间，颜色很是跳跃。上面还有一只蝴蝶在花叶间翻飞，下面有一只七星瓢虫，倒挂金钟般挂在花枝下，像荡秋千。最底下的水里，有一条大眼睛的游鱼和一只探出犄角来的小蜗牛，充满童趣。左上方用墨绿色的丝线绣着两行小字：菊花烹酒月中香。

冬绣的是传统的喜鹊登梅。五瓣梅花，绣成了粉红色、淡紫色和豆青色，点点未开的梅萼，红的、粉的，深浅不一，散落在疏枝之间，如小星星一样闪闪烁烁。喜鹊的长尾巴绣成紫色，翅膀黑色的羽毛下藏着几缕苹果绿，肚皮绣成了蛋青色。最下面的几块镂空的上水石，则被完全抽象化，绣成五彩斑斓的绣球模样了。依然是为了左右对称，在左上方用墨绿色的丝线绣着两行小字：梅萼出放人咸爱。

绣得真是清秀可爱。心里暗想，或许是"出"字绣错了，应该是"初"字。我知道娘的文化水平不高，好多字是结婚以后父亲教她的。我问姐姐："这个四扇屏，以前我来过你家那么多次，怎么从来没有见过？"

姐姐说，这也是前些日子她刚拿出来的，然后做了四个框，才挂在墙上的。然后，姐姐告诉我，这是娘做姑娘时候绣的呢。

姐姐从来称母亲作娘。或是母亲去世后，父亲从老家为我和弟弟娶回来继母的缘故吧，为了区别，我们都管继母叫妈，管生母叫娘。

我是第一次见到我娘的这个四扇屏。我娘死得早，三十七岁就突然病故，那一年，我才五岁。在这之前，我没有见过娘留下的任何遗物。在家里，只存有娘的一张照片，那是葬礼上的一幅遗照，成为联系我和娘的生命与情感的唯一凭证。

说实在的，由于那时候年龄小，在我的脑海和记忆里，对娘的印象是极其模糊的。突然见到这四扇屏，我心里有些激动，禁不住贴近墙面，想仔细看看，忽然有种感觉，好像不知是这面墙热，还是四扇屏有热度，一下子有了一种温暖的感觉，好像贴在娘的身边。

这面墙正对着阳台的玻璃窗，四扇屏上反光很厉害，跳跃着的光点，晃着我的泪花闪烁的眼睛，一时光斑碰撞在一起，斑驳迷离。春夏秋冬的风景，仿佛晃动交错在一起，很多记忆，蜂拥而至，随四季变换而缤纷起来。原本早已模糊的娘的影子，似乎也在四扇屏上清晰地浮现出来。

从北京来呼和浩特之前，我已经在心里算过了，如果娘活着，今年整整一百岁。我对姐姐说了这话之后，姐姐一愣，然后说："可不是怎么着，娘二十岁生下的我。我今年都八十岁了。"说完，姐姐又望望墙上的四扇屏。她没有想到娘的一百岁，却正好赶上了娘的一百岁。不是心里的情分，不是命运的缘分，又是什么？

亏了姐姐心细，将这个四扇屏珍藏了八十年。这八十年，颠沛流离，四扇屏是娘留下来唯一的遗物。我才忽然发现，遗物对于人尤其是亲人的价值。它不仅是留给后人的一点仅存的念想，同时也是情感传递和复活的见证。

我想起去年夏天读过徐渭的一首七绝诗，当时觉得写得好，抄了下来："箧里残花色尚明，分明世事隔前生。坐来不觉西窗暗，飞尽寒梅雪未晴。"他是写给自己亡妻的，看到箧里妻子旧衣上的残花而心生的感喟，和我此时的心情那样的相同。有时候，真的会有冥冥之中的心灵感应，莫非去年此时，徐渭的诗就已经昭示了今天我要像他在偶然之间看到亡妻的遗物一样，突然之间和娘的遗物相遇？让相隔世事的前生，特别在娘一百岁的时候，和我有一个意外的邂逅？

只是，和姐姐相对而坐，面临的不是西窗，而是南窗；飞落的不是梅花和雪花，而是一春以来难得的细雨潇潇。

我想，娘一定在四扇屏上看着我们。那上面有她绣的牡丹、荷花、菊花和梅花，簇拥着她，也簇拥着我们。

｜ 心头永远拔不出的刺

在我的印象中，父亲胆子很小，一直到他去世，都活得谨小慎微，有毒的不吃，犯法的不干，树上掉片树叶都要躲着，生怕砸着自己的脑袋。长大以后，当我知道父亲的一件事情之后，对父亲的印象有所改变。

父亲很年轻的时候，就独自一人离开家乡河北沧县，跑到天津去学织地毯。我的爷爷当过乡间的私塾先生，略有文化，他有两个孩子，一个是父亲，一个是父亲的哥哥。和一辈子守在乡下种田的大伯不同，父亲在乡间读完初小，就想离开家乡。别人怎么劝都不行，他还是来到了天津。天津离沧县一百二十里地，是离沧县最近的大城市。沧县很多人都曾经到天津跑码头，这个传统一直延续至今，在现在天津的街头还能碰到不少打工者，操着沧县口音。想想，父亲只身一人跑到天津学织地毯的情景，很像如今那些北漂。尽管时代相隔了近百年，年轻人躁动的梦想和盲目的行为方式，基本相似。那时候的父亲，胆子并不小，性格里有很不安分的成分。

　　我一直在想，父亲为什么曾经会有这样不安分的性格？后来，为什么又将这种性格磨平乃至变得如此谨小慎微呢？

　　受我爷爷当私塾先生的影响，父亲读书的时候，爱看一些杂书，特别是章回本的旧小说。我读小学的时候，在晚上我和弟弟睡觉前，他常常讲《三国演义》《施公案》《水浒传》《聊斋志异》里的一些故事给我们听，也不管我们听懂听不懂，爱听不爱听。他也喜欢沧州地区有名的文人纪晓岚的《阅微草堂笔记》，他常讲一些他小时候听到的关于纪晓岚的民间传说。一直到现在我还记忆犹新，听他绘声绘色地说起纪晓岚小时候，有一位从南方来的大官，看见纪晓岚在田里放牛，大夏天的，还穿着一件破棉袄，摇着一把破芭蕉扇，觉得很可笑，就随口说了句：穿冬衣，拿夏扇，胡闹春秋。纪晓岚回了一句：到北地，说南语，不识东西。讲完这个故事，父亲呵呵地笑，他故意将"识"说成"是"，然后又对我们讲这里一语双关的意思，讲这个对子里的对仗，对得非常简单，又非常有趣。我和弟弟也觉得特别好玩。父亲去世之后，我们整理他的极其简单的几件遗物，其中有一本旧书，就是《阅微草堂笔记》。

　　父亲从来没有对我讲过这类文学书对他的影响，他只是说自己从小喜欢读书，以此来教育我和弟弟要好好读书。所以，只要是我买书，他从来都不反对，读小学一年级的时候，他为我买的第一本杂志——《小朋友》，那是一种很薄的画册。之后，我识字多了，他为我买《儿童时代》。再以后，他为我买《少年文艺》。这样三种杂志，成为我童年读书的三个台阶，应该说是父亲领着我一步步走上来的。

那时候，我家住的大院斜对门有一家邮局，那里卖这些杂志。跟着父亲到邮局里买这些杂志，成了我童年和少年时代最快乐的事情。我想，以后我能写一些东西，最初应该是父亲在我心里埋下的种子。父子两代人，总有一些相似的东西，像影子一样叠印在彼此的身上，是遗传的基因，也是潜移默化的结果，是上一辈人未曾实现的梦想不由自主的延续。

偶尔一次，父亲对我说，在部队行军的途中，要求轻装，必须得丢掉一些东西，他却还带着些旧书，舍不得扔掉。其实，说这番话的时候，父亲只是为了教育我要珍惜读书的机会，不小心说秃噜了嘴，无意中透露出他的秘密。当时，我在想，部队行军，这么说，他当过军人，什么军人？共产党的，还是国民党的？那时候，我也就刚读小学四五年级，一下子心里警惕了起来。如果是共产党的军人，那就是八路军，或者是解放军了，应该是那时的骄傲，他应该早就扯旗放炮地告诉我们了，绝对不会耗到现在才说。所以，我猜想，父亲一定是国民党的军人了。

事实证明了我的猜想没有错。

我家那时有一个黄色的小牛皮箱，我知道，里面放着粮票、油票、布票等各种票据，还有父亲每月发下来的工资，都是我家的"金银细软"。有一天，我打开这个小牛皮箱，翻到了箱子底，发现了一本厚厚的相册和一张委任状的硬皮纸。委任状上，写着北京市政府任命父亲为北京市财务局科员，下面有市政府大印，还有当时北京市市长聂荣臻手写体签名的蓝色印章。这是北京和平解放之后，对于像我父亲这样的国民党政府留下的人员接收时的证明。应该说，没有任何问题，问题出在那本相册上。那是一本印刷品，我打开相册，看见里面每一页都印着一排排穿着国民党军服的军官的蓝色照片。这样的国民党军服，只有在电影里才见过，是那些杀人不眨眼的刽子手才穿的军服。我一下子愣在了那里，小小的心，被万箭射穿。我几乎忽略掉了这本相册下面还压着四块袁大头银圆。

读中学之后，我才渐渐弄清楚。父亲在天津学织地毯，并没有多长的时间，他是觉得这样一天天织下去，没有什么前途，就投奔了在冯玉祥部队当军需官的一位亲戚。父亲不安分的心，再一次蠢蠢欲动。因为他多少有一些文化，在部队里很快得到了提拔，最后当了一个少校军衔的军需官。1945 年，抗日战争结束后，他从部队转业，集体到南京国民政府受训，然后转业到地方的财务局，从信阳到张家口再到北京。

是国民党，还是一个少校军官。父亲曾经拥有过的这样一个身份，对于我简直像一枚炸弹，炸得我胆战心惊。

而这样的一个身份，犹如一块沉重的石头，一直压在父亲的档案里和父亲的心里。

我读初一的时候，已经是 1960 年。新中国成立伊始的许多政治运动，都已经轰轰烈烈地过去了。父亲都平安无事，实在是不容易。后来，我才发现父亲写的那些交代材料一摞一摞的，不知有多少。父亲对我也不隐瞒，就放在那里，任我随意看。那里有他的历史，有他的人生。有一段时间，我非常好奇，曾经翻看父亲的这些交代材料，有很多都是重复的车轱辘话，在不厌其烦地反复地讲，又要发自肺腑深刻地讲。"食不厌精，脍不厌细"一般，不怕交代的琐碎，不怕检查的絮叨。父亲的字写得很小，又挤在一起，像火车站拥挤上车的人群，生怕挤不上车，眼睁睁地看着火车开跑，自己被无情地甩下。那些密密麻麻的钢笔字，有很多颜色已经变浅，甚至模糊，不知道为什么让我想起父亲带我和弟弟给母亲上坟时，他写的那两张纸的信上密密麻麻的字迹。同样也是不厌其烦地反复地讲的车轱辘话，同样也是发自肺腑深刻地讲的话，却是那样不同。

读初三的时候，我十五岁，退了少先队之后，要申请加入共青团，首先一条，就是要和家庭划清界限。于是，步父亲后尘，如同父亲写交代材料一样，我不知写了多少对家庭出身、对父亲历史认识的报告，交给团支部，接受组织的一遍遍的审阅、一次次的考验。我才知道，写这些材料，不是一件简单的事情。尽管那时我的作文写得不错，但是，这样的材料，远比作文难写，总觉得写得枯燥，心很累。但是，我并没有理解父亲写这些交代材料时真正的心情。那时，我只顾自己的心情，觉得好委屈，埋怨自己为什么会摊上了这样一个父亲，却难以理解父亲的心情其实是更为复杂、更为疲惫不堪的。

现在回想，那时候，为了表现出和家庭已划清界限，还要做出一些决绝的举动，对父亲的伤害就更不知晓了。

记得有一次，我们大院里住的一个在新中国成立以前曾经当过舞女的女人，突然和我们大院的油盐店的少掌柜生下一个私生女，从不多言多语的父亲，在家里和我母亲悄悄地议论这事，说了句："王婶也不容易，一个女人带着两个孩子，日子怎么过呀？"没有想到，他的话被我听到了，我当时就反驳他："你站在什么立场说话？还王婶王婶地叫着？"父亲立刻什么话也不说了，像霜打的茄子，蔫蔫地待在一旁。那时候，我不懂得上一辈人的历史，也不懂得生活的艰难，只知道阶级的立场，只知道要时时刻刻睁大眼睛，警惕着和父亲划清界限。

父亲的棱角就这样渐渐被磨平。年轻时的不安分，本来就是摇曳在风中的一株弱小的稗草，更禁不住一阵又一阵风雨的洗礼了。而在这一番番的风雨中，父亲所要经受的，不仅来自时代和社会，也来自家庭，而在家庭中，主要是为了追求自己前途的我。

年轻的时候，谁没有过不安分的心思和性格呢？不安分，其实就是不安于现状，渴求一种新的生活。年轻的时候，谁不像一株迷途而不知返的蒲公英一样盲目而莽撞呢？我长大了以后，要去北大荒插队之前，曾经和父亲当年一样，没有和他商量，就那样毅然决然地离开了家，父亲当时什么话也没有说，他知道说什么也没有用，眼瞅着我从小牛皮箱里拿走户口本，跑到派出所注销了自己的户口。我离开家去东北的那天，父亲只是走出了家门，便止住脚步，连大院都没有走出来。他也没有对我说任何送别的话，只是默默地看着我离开了家。

现在想想，我就像父亲年轻时离开沧县老家跑到天津学织地毯一样，远方，总是比家更充满诱惑，以为人生的理想和前途在未知的远方。尽管成长的历史背景完全不同，父子各自的性格以及一生的轨迹，总会有相同的部分，命中注定一般地重合，就像父子的长相，总会有相像的某一点或几点。

后来，读北岛的《城门开》，书中最后一篇文章是《父亲》，文前有北岛题诗："你召唤我成为儿子，我追随你成为父亲。"文中写道："直到我成为父亲……回望父亲的人生道路，我辨认出自己的足迹，亦步亦趋，交错重合，这一发现让我震惊。"读完这篇文章，我想起了我的父亲，眼泪禁不住打湿了眼睛。

清明忆父

　　好多童年的事情，过去了那么多年，却依然恍若眼前，连一些细枝末节，都记得特别清楚。记得父亲为我买的第一支笛子，是一角二分钱；第一本《少年文艺》，是一角七分钱；第一把京胡，是二元二角钱……那时候，家里生活不富裕，一家五口全靠父亲微薄的薪水维持，给我买这些东西，父亲是咬着牙掏出这些钱来的。因为那时买一斤棒子面才几分钱，花这么多钱买这些东西，特别是花两块多钱买一把胡琴，显得有些奢侈。

　　读初二的那一年，我爱上了读书，特别是从同学那里借了一本《千家诗》之后，我对古诗更是着迷。那时候，我家住在前门，离大栅栏不远，大栅栏路北有一家挺大的新华书店，我常常在放学之后到那里看书。多次地翻看，从那书架上琳琅满目的唐诗宋词里，其中四本，我最为心仪，总是爱不释手，拿起来，又放下，恋恋不舍。一本是复旦大学中文系编选的《李白诗选》，一本是冯至编选的《杜甫诗选》，一本是游国恩编选的《陆游诗选》，一本是胡云翼编选的《宋词选》。

每一次翻完这四本书后，我总是忍不住看看书后面的定价，《李白选》定价是一元五分，《杜甫诗选》定价是七角五分，《陆游诗选》定价是八角，《宋词选》定价是一元三角。四本书加起来，总共要小五元钱呢。那时候的五元钱，正好是我在学校里一个月午饭的饭费。每一次看完书后面的定价，心里都隐隐地叹口气，这么多钱，和父亲要，父亲是不会答应的。所以每次翻完书，我都对自己说，算了，不买了，到学校借吧。可是每次到新华书店，我总忍不住要踮着脚尖，把这四本书从架上拿下来，总忍不住翻完书后还要看看后面的定价，似乎希望这一次看到的定价会比上一次看到的要便宜了似的。

那时候，姐姐为了帮助父亲分担家里的负担，不到十八岁就去了包头，到正在新建的京包铁路线上工作。她从工资里拿出大部分，每月给家里寄三十元钱。那一天放学之后，母亲刚刚从邮局里取回姐姐寄来的三十元钱，我清清楚楚地看见母亲把那六张五元钱的票子，放进了我家放"金银细软"的小箱子里。母亲出去之后，我立刻打开小箱子，从那六张票子里抽出一张，揣进衣兜，飞似的跑出家门，跑到大栅栏，跑进新华书店，不由分说地，几乎是比售货员还要业务熟练地从书架上抽出那四本书，交到柜台上，然后从衣兜里掏出那张五元钱的票子，骄傲地买下了那四本书。终于，李白、杜甫和陆游，还有宋代那么多有名的词人，都属于我了，可以天天陪伴我一起吟风弄月、说山论河了。

回到家，我放下那四本书，非常高兴，就跑出去到胡同里和小伙伴们玩了。黄昏的时候，看见刚下班的父亲一脸铁青地向我走来，把我领回了家，回到家，把我摁在床板上，用鞋底子打了我屁股一顿。我没有反抗，没有哭，什么话也没有说，因为我一眼看到了床头上放着那四本书，知道父亲一定知道了小箱子里少了一张五元的票子是干什么去了。

我知道是我错了，我不该私自拿钱去买书，五元钱对于一个贫寒的家来说是笔不小的数目。

挨完打后，我没有吃饭，拿着那四本书，跑回大栅栏的新华书店，好说歹说，求人家退了书。我把拿回来的钱放在父亲的面前，父亲抬头看了一眼，什么话也没有说。

第二天晚上，父亲回来晚了，天完全黑了下来。母亲已经把饭菜盛好，放在桌子上，我们一家正等他吃饭。父亲坐在饭桌前，没有端饭碗，而是从他的破提包里拿出了几本书，我一眼就看见，就是那四本书，《李白诗选》《杜甫诗选》《陆游诗选》和《宋词选》。父亲对我说："爱看书是好事，我不是不让你买书，是不让你私自拿家里的钱。"

　　将近五十年的光阴过去了，我还记得父亲讲过的这句话以及他讲这句话时的样子。那四本书，跟随我从北京到北大荒，又从北大荒到北京，几经颠簸，几经搬家，一直都在我的身旁。大栅栏的那家新华书店，奇迹般地还在那里。一切都好像还和童年时一样，只是父亲已经去世三十八年了。

| 姐姐

这个世界上最先让我感受到至为圣洁宽厚的爱，而值得好好活下去的，一个是母亲，一个是姐姐。

一

年轻时，姐姐很漂亮，只是脾气不好，这一点儿随娘。在我和弟弟落生的时候，娘都把姐姐赶到远远的城外去，说她命硬，会冲了我们降生的喜气。我和弟弟都是姐姐抱大的，只要我们一哭，娘常常不问青红皂白地先把姐姐骂上一顿，或者打上几下。可以说，为了我和弟弟，姐姐没少受气，脾气渐渐变得暴躁并且格外拧。

可是，姐姐从来没对我和弟弟发过一次脾气。即使现在我们已经长大成人，在她眼里依然还像依偎在她怀中的小孩。

姐姐的脾气使得她主意格外大，什么事都敢自己做主。娘去世的那一年，她偷偷报名去了内蒙古。那时，正在修建的京包铁路线需要人。家里的生活也越发拮据，娘去世后一大笔亏空，父亲瘦削的肩已力不可支。临行前，姐姐特地在大栅栏为我和弟弟买了双白力士鞋，算是再为娘戴一次孝，还带我们到劝业场照了张照片。带着这张照片，姐姐走了，独自一人走向风沙弥漫的内蒙古，虽未有昭君出塞那样重大的责任，但一样心事重重地为了我们而离开了北京。我和弟弟过早尝到了离别的滋味，它使我们因过早品尝人生的苍凉而早熟。从此，火车站灯光凄迷的月台，便和我们命运相交，无法分割。

那一年，姐姐十七岁。

第二年，姐姐结婚了。她再一次的自作主张让父亲很是惊奇却又无奈。春节前夕，她和姐夫从内蒙古回到北京，然后回姐夫的家乡任丘。姐夫就是从那里怀揣着一本孙犁的《白洋淀纪事》参加革命的，脾气很好，正好和姐姐形成了鲜明的对比。

以后，我和弟弟便盼望着姐姐回来。因为每次姐姐回来，都会给我们带回许多好吃的、好玩的。我们还是不懂事的小馋猫呀！记得三年困难时期，姐姐到武汉出差，想买些香蕉带给我们，跑遍武汉三镇，只买回两挂芭蕉。那是我第一次吃芭蕉，短短的，粗粗的，口感虽没有香蕉细腻，却让我难忘。望着我和弟弟贪婪地吃着芭蕉的样子，姐姐悄悄落泪。那时，我不明白姐姐为什么要落泪。

那一次，姐姐和姐夫一起来北京，看见我和弟弟如狼似虎贪吃的样子，没说什么。正是我们长身体的时候，肚子却空空得像无底洞，父亲念叨着家里的粮食总是不够吃。姐姐掏出一些全国粮票给父亲，第二天一清早便和姐夫早早去前门大街全聚德烤鸭店排队。那时，排队的人多得不亚于现在办出国签证。我不知道姐姐、姐夫排了多长时间的队，当我和弟弟放学回家时，见到桌上已经摆放着烤鸭和薄饼。那是我们第一次吃烤鸭，以为这是世界上最好吃的东西了。望着我们一嘴油一手油可笑的样子，姐姐苦涩地笑了。

盼望姐姐回家，成了我和弟弟重要的生活内容。于是，我们尝到了思念的滋味。思念有时是苦涩的，却让我们的情感丰富而成熟起来。

姐姐生了孩子以后，回家探亲的日子越来越少。她便常寄些钱来，父亲拿这些钱照样可以买各种各样的东西给我们，我却感到越发思念姐姐了。我们盼望姐姐归来已经不仅仅因为馋嘴，一股浓浓的依恋之情已经长成枝繁叶茂的大树，即使无风，依然婆娑摇曳。

终于，又盼到姐姐回来了，领着她的女儿。好日子太不禁过，像块糖，即使再精心地含着，也还是越来越小。渴望中的重逢也必有一别。姐姐说什么也不要我和弟弟送，因为姐姐来的第二天，正是少先队宣传活动，我逃了活动挨了大队辅导员的批评。那一天中午，姐姐带我们到家附近的鲜鱼口联友照相馆。照相前，她没带眉笔，划着几根火柴，用火柴上燃烧后的可怜的一点点如笔尖上点金一样的炭，分别在我和弟弟眉毛上描了描，想把我们打扮得漂亮些。照完相回到家整理好行装，我和弟弟送姐姐她们娘俩到大院门口，姐姐便不让送了，执意自己上火车站，走了几步，回头看我们还站在那里，便招招手说："快回去上学吧！"我和弟弟谁也没动，谁也没说话，就那样呆呆站着，望着姐姐的身影消失在胡同尽头。当我们看到姐姐真的走了，一去不返了，才感到那样悲恸，依依难舍又无可奈何。我和弟弟悄悄回到大院，一时不敢回家，一人伏在一棵丁香树旁默默地擦眼泪。

不知在那里站了多久，一直到一种梦一样的声音突然在耳边响起，我们抬头一看，竟不敢相信：姐姐领着女儿再次出现在我们的面前，仿佛她早已料到会有这样的场面一样。她摸摸我们的头说："我今儿不走了！你们快上学吧！"我们破涕为笑。那一天过得格外长！我真希望它能够永远"定格"！

二

在一次次分离与重逢中，我和弟弟长大了。1967年底，弟弟不满十七岁，像姐姐当年赴内蒙古一样自作主张地报名去青海支援"三线"建设，一腔天涯何处无芳草的慷慨豪壮。姐姐以为他去西宁一定要走京包线的，就在呼和浩特铁路站一连等了他三天。姐姐等不及了，一脚踏上火车直奔北京，弟弟却已走郑州直插陇海线，远走高飞了。姐姐不胜悲恸，把原本带给弟弟的棉衣给了我，又带我跑到前门买了顶皮帽，仿佛她已经有了我也要走的先见之明一样。我只是把她本来送弟弟的那一份挚爱与牵挂统统收下了。执手相对，无语凝噎，我才知道弟弟这次没有告别的分手，对姐姐的刺激是多么大。天涯羁旅，茫茫戈壁，会时时跳跃着姐姐一颗不安的心。

就在姐姐临走那天夜里，我隐隐听到一阵微微的哭泣声，禁不住惊醒一看，姐姐正伏在床上，为我赶缝一件棉坎肩。那是用她的一件外衣做面、衬衣做里的坎肩。泪花迷住她的眼，她不时要用手背擦擦，不时拆下缝歪的针脚重新抖起沾满棉絮的针线。

我不敢惊动她，藏在棉被里不敢动窝，眯着眼悄悄看她缝针、掉泪。一直到她缝完，轻轻地将棉坎肩放在我的枕边，转身要离去的时候，我怎么也忍不住了，一把伸出手，紧紧抓住她的胳膊。我本以为我一定控制不住，会大哭起来，可我竟一声没哭，只是一句话也说不出来，喉咙和胸腔里像有一股火在冲、在拱、在涌动……

我就是穿着姐姐亲手缝制的棉坎肩，带着她的棉衣、皮帽以及绵绵无尽的情意和牵挂，踏上北上的列车到北大荒的。那是弟弟走后不到一年的事。从此，我们姐仨一个东北、一个西北、一个内蒙古，离得那么远那么远，仿佛都到了天尽头。我知道以往月台凄迷灯光下含泪的别离，即使是痛苦的，也难再有了，而只会在我们各自迷蒙的梦中。

我和弟弟两个男子汉把业已年老的父亲孤零零地甩在北京。就在我离开家不久，父亲被人赶至两间破旧、矮小的房子里，原因是我家走了我和弟弟两个大活人，用不着那么大的空间，外加父亲曾经参加过国民党。老实又胆小的父亲便把家乖乖迁徙到这两间小黑屋中。最可气的是窗户跟前还有一个自来水龙头，全院人喝水洗涮全仰仗它，每天从早到晚的吵闹声使人无法休息，而且水洇得全屋地下潮漉漉的，爬满潮虫。

就在这一年元旦前夕，姐姐、姐夫来到北京开会。他们本可以住到招待所，可看到家颓败到这副模样，老人孤零零得如风中残烛，便没有住在别处，而在这潮漉漉、黑漆漆的小屋过夜，陪伴、安慰着父亲孤寂的心。这就是我和弟弟甩给姐姐的家。那一夜，查户口的突然不期而至，是为了给父亲要要威风看的。姐姐首先爬起床，气愤得很。查户口的厉声问："你是什么人？"姐姐嗓门一向很大："我是他女儿。"又问姐夫："你呢？"姐夫掏出工作证，不说一句话，他太清楚这些人的嘴脸，果然，他们客气地退出去了。那工作证上写着中共党员、呼和浩特铁路局监委书记。

姐姐、姐夫走的那一天清早，买了许多元宵，煮熟了吃时，姐姐、姐夫和父亲却谁也吃不下。元宵本该团圆之际吃，而我和弟弟却远走天涯。她回内蒙古后不时给父亲寄些钱来，其实那本该是我和弟弟的责任。姐姐也常给我和弟弟分别寄些衣物、食品，她把她和远逝的母亲对我们的爱，一并密密缝进包裹之中。她只要我常常给她写信、寄照片。

当我有一次颇为自得地写信告诉她我能扛起九十公斤重的大豆踩着颤悠悠三级跳板入囤时，姐姐吓坏了，写信告诉我她一夜未睡，叮嘱我一定小心，千万别跌下来，别让姐一辈子难得安宁。

又一次她看见我寄去的照片，穿着临走时她给我的那件已经破得不成样子的棉衣，上面还有我补得实在难看的补丁，腰扎一根草绳时，她哭了，哭得那样伤心，以致姐夫不知该怎么劝才好……

三

当我像只飞得疲倦的鸟又飞回北京时，北京没有如当年扯旗放炮欢送我一样欢迎我。可怜巴巴的我像条乞讨的狗一样，连一份工作都没有，只好待业在家，才知道无论什么时候只有家才是憩息地。

从我回北京那一月起，姐姐每月寄来 30 元钱，一直寄到我考入大学。似乎我理所应当从她那里领取这份"工资"。她已经有三个孩子，一大家子人。而那年我已经二十七岁！每月邮递员呼喊我的名字，递给我这份寄款单时，我的手心都会发热发颤。仿佛长得这么大了，我还是个嗷嗷待哺的孩子。脆薄的自尊与虚荣，常在这几张票子面前无地自容，又无法弥补。幸亏待业时间不长，一年多后，我找到了工作，在郊区一所中学教书。我把消息写信告诉姐姐，让她不要再寄钱给我，我已经有了每月 42.5 元的工资。谁知，姐姐不仅依然按月寄来 30 元钱，而且寄来一辆自行车，告诉我："车是你姐夫的，你到郊区上班远，骑车方便些，也可以省点儿汽车钱……"

我从火车货运站取出自行车，心一阵阵发紧。这辆银色的自行车跟随姐夫十几年。我感到车上有姐姐和姐夫的殷殷心意，觉得太对不起他们，不知要长到多大才不要他们再操心！

　　我盼望着姐姐能再来北京，机会却如北方的春雨般难得了。有一次姐姐突然来到北京，让我喜出望外。那是单位组织她到北戴河疗养。她在铁路局房建段当管理员，平凡的工作，却坚持天天不迟到、不请假，因此年年评什么先进工作者都要评上她。这次到北戴河便是对她的奖励，第一次，也是最后一次。十几年没见面了，姐姐明显老了许多，更让我惊奇的是，大热的天她还穿着棉毛裤。我问她怎么啦？她说早就得了风湿性关节炎。其实，我们小时候，她的腿就已经坏了，只是那时候我没注意罢了。我们长大了，姐姐老了，花白的头发飘飞在两鬓。她把她的青春献给了内蒙古，也融入了我和弟弟的血肉之躯！

　　我和弟弟都十分想念姐姐。想想，以往都是她千里奔波来看我们，这次，我大学毕业，弟弟考取大学研究生，我们利用暑假，各自带着孩子专程去看望一下姐姐！这突然的举动，好让姐姐高兴一下！是的，姐姐、姐夫异常高兴，看见了我们，又看见了和我们当年一般大的两个孩子，生命的延续让人感到生命的力量。临离开北京前，我特意买了两挂厄瓜多尔进口大香蕉，那曾是小时候姐姐和我们最爱吃的。我想让姐姐吃个够！谁知，姐姐看着这样橙黄、硕大的香蕉，不舍得吃，非让我们吃。我和弟弟不吃，她又让两个孩子吃。两个孩子真懂事，也不吃。直至香蕉一个个变软、变黑，最后快要烂了，还是没人吃。没人吃，也让人高兴！姐姐只好先掰开一只香蕉送进嘴里："好！我先吃！都快吃吧，要不浪费了多可惜！"我从来没有吃过这样美味的香蕉！我想起小时候姐姐从武汉买回的那挂芭蕉。人生的滋味真正品味到了，是我们以全部青春作为代价。

昭君墓就在呼和浩特近郊，姐姐在这里生活了这么长时间，却从来没有去过一次。我们撺掇姐姐去玩一次。她说："我老了，腿也不行，你们去吧！"一想到她的老关节炎腿，也就不再劝，我们去的兴头也不大，便带着孩子到城里附近的人民公园去玩。不想那天玩到快出公园大门，天空突然乌云四布，雷雨大作。塞外的豪雨莽撞如牛，铺天盖地而来，那阵势惊人，不知何时才能停下来。我们只好躲在走廊里避雨，待雨稍稍小下来，望望天依然沉沉的，索性不再等雨过天晴，领着孩子向公园门口跑去。刚跑到门口，就听前面传来呼唤我和弟弟的声音。真没有想到，是姐姐穿着雨衣，推着车，站在路旁招呼着我们，后车座上夹满雨具，不知她在这里等了多久！雨珠一串串从打湿的头发梢上滚下来，雨衣挡不住雨水的冲击，姐姐的衣服湿漉漉一片，裤子已经完全湿透，紧紧包裹在腿上……

姐姐！无论风中、雨中，无论今天、明天，无论离你多近、多远，我会永远这样呼唤你，姐姐！

| 拥你入睡

儿子上初一以后，忽然一下子长大了。换内裤，要躲在被子里换；洗澡，再也不用妈妈帮助洗，连我帮他搓搓后背都不用了。

我知道，儿子长大了，无可奈何地长大了。原来拥有的天然的肌肤之亲和无所顾忌的亲昵，都被这长大拉开了距离，变得有些羞涩了。任何事物都要有一些失去，才能有一些得到吧？

有一天下午，儿子复习功课，累了，躺在我的床上看电视。实在是太累，刚看了一会儿眼皮就打架了。他忽然翻了一个身，倚在我的怀里，让我搂着他睡上一觉，迷迷糊糊中嘱咐我一句："一小时后叫我，我还得复习呢！"

我有些受宠若惊。许久许久，儿子没有这种亲昵的动作了。以前，就是一早睡醒了，他还要光着小屁股钻进你的被窝里，和你腻乎腻乎。现在，让你搂着他像搂着只小猫一样入睡，简直类似天方夜谭了。

莫非在懵懵懂懂中，儿子一下跌进了逝去的童年中？记忆深处掀起了清新动人的一角，让他情不自禁地拾蘑菇一样拾起了往日的温馨？

儿子确实像小猫一样睡在我的怀里。均匀地呼吸，胸脯和鼻翼轻轻起伏着，像春天小河里升起又降落的暖洋洋的气泡。

我想起他小时候，他妈妈上班，家又拥挤，他在一边玩，我在一边写东西，玩着玩着腻了，他要喊："爸爸，你什么时候写完呀？陪我玩玩不行吗？"我说："快啦！快啦！"却永远快不了，心和笔被拽着走得远远的。他等不及了，就跑过来跳在我的怀里带有几分央求的口吻说："爸爸！我不捣乱，我就坐这儿，看你写行吗？"我怎么能说不行？已经把儿子孤零零地抛到一边寂寞了那么长时光！我搂着他，腾出一只手接着写。

那时候，好多东西都是这样搂着儿子写出来的。他给我安详，给我亲情，给我灵感。他一点儿也不闹，一句话也不讲，就那么安安静静依在我的怀里，像落在我身上的一只小鸟，看我写，仿佛看懂了我写的那些或哭或笑或哭笑交加的故事。其实，那时他认识不了几个字。有好几次，他依在我的怀里睡着了，睡得那么香那么甜，我都没有发现……

以后我常常想起那段艰辛却温馨的写作日子，想起儿子依在我怀中小鸟一样静谧睡着的情景。我觉得我的那些东西里有儿子的影子、呼吸，甚至有他睡着之后做的那些个灿若星光的梦境……

儿子长大了。纵使我又写了很多比那时要好的故事，却再也寻不回那时的感觉、那一份梦境了。因为儿子再不会像鸟儿一样蹦上你的枝头，纯真天使般依在你的怀里睡着了。

如今，儿子居然缩小了一圈，岁月居然回溯了几年。他依在我的怀里睡得那么香甜、恬静。我的胳膊被他枕麻了，但我不敢动，怕弄醒他，我知道这样的机会不会很多甚至不会再有，我要珍惜。我小心翼翼地拥着他，像拥着一根又轻又软又薄又透明的羽毛，生怕稍稍一失手，羽毛就会袅袅飞去……

并不是我太娇惯儿子，实在是他不会轻易地让你拥他入睡。他已经长大，嘴唇上方已经展起一层细细的茸毛，喉结也像要啄破壳的小鸟一样在蠕动。用不了多久，他会长得比我还要高，在这张床上将伸不开他的四肢……

蓦地，我忽然想起儿子小时候曾经抄过的诗人傅天琳的一首诗，其中有这样几句：

你在梦中呼唤我呼唤我
孩子你是要我和你一起到公园去

我守候你从滑梯上一次次摔下

一次次摔下你一次次长高

如果有一天你梦中不再呼唤妈妈

而呼唤一个陌生的年轻的名字

那是妈妈的期待妈妈的期待

妈妈的期待是惊喜和忧伤

我禁不住望望儿子，他睡得那么沉稳，没有梦话，我不知此刻他是不是在睡梦中呼唤着我。我却知道会有这么一天，拥他入睡的再不是我，而是他睡梦中"呼唤一个陌生的年轻的名字"。亲爱的儿子，那将如诗人所写的，是爸爸的期待，爸爸的期待是惊喜又是忧伤。哦，我亲爱的儿子，你懂吗？此刻的睡梦中，你梦见爸爸这一份温馨而矛盾的心思了吗？

一个小时过去了，我没有舍得叫醒儿子。

生日的翅膀

儿子提出今年的生日不在家里过，要自己和同学们一起过。

十六次生日，他都是在家里和我和他妈一起过的，第一次，他要离开家，离开我和他妈妈，自己去过了。

儿子小的时候，都是我和他的妈妈给他过的生日。那是我们仿照安徒生的做法，是我从书上选来的。安徒生曾经在一个叫作犹特拉金的林区住过一段时间，他为林务区长七岁的小姑娘过生日的方法很独特：他在林子里每一棵蘑菇下藏着一件小东西，或是一块包着银纸的糖果，或是一枚别致的顶针，或是一条丝带、一个红枣。在小姑娘生日的那天清早，他把小姑娘带来到林子里，告诉她："我送你的生日礼物就在这林子里，你去找吧！"当小姑娘从那蘑菇底下找到这些神奇的礼物时，可以想见是多么惊喜万分。

我和儿子的妈妈在他生日的那一天，也是这样买来一些巧克力、泡泡糖、书、笔、小玩具一些零零碎碎的东西，分别藏在房间的每个角落：被褥下、枕头旁、书柜间、沙发垫底，乃至他自己的小书包里……我不拥有犹特拉金那一葱茏的森林，也无法寻找那一簇簇肥硕鲜美的蘑菇，我拥有的只有如同安徒生一样童话般的心。我希望儿子一样拥有这样童话般的心，让他接受的生日礼物染上童话般的色彩。

儿子在房间的各个角落里找到这些生日礼物时，和林务区长七岁的小姑娘一样惊喜万分。虽然，这些小东西都不值什么钱，而且都是孩子司空见惯的，但他觉得比生日蛋糕等任何礼物都要兴趣盎然、新奇有趣。那些充满安徒生童话氛围的生日，给儿子也给全家带来多少欢乐。那时，老奶奶还在世，望着孩子找到生日礼物兴奋跳跃的样子，老脸乐成一朵金丝菊……每年快到儿子生日的时候，是全家最高兴的时候，儿子盼望，全家人也在盼望，它给全家带来平日难得的温馨。

这种依样画葫芦的方法，一直用到儿子上中学。那曾是我们颇为骄傲也颇为吸引儿子的专利。记得初一的时候，儿子还央求我和他妈妈："再给我像安徒生那样过一次生日吧！"我那时很为自己从安徒生那里学到的方法而得意，它让儿子留下美好而难忘的印象。但我忽略了，童年再长也有结束的时候，盼望孩子长大，又惧怕孩子长大，永远是家长矛盾的心理。大概就是从那个时候，儿子的心理发生了重要的变化，他要将他的生日度过的方式从家里划出来据为己有，他要将他的生日变为一只鸟从笼中飞到一片新的天地，而和我们告别。而今这一天终于到来，儿子要自己去过生日去了。他不再需要安徒生，不再需要童话，不再需要蘑菇底下的小把戏……也不需要我和他的妈妈。

我知道，儿子长大了，随日子一起长大了，但多少心里有些失落。

儿子的这次生日，早在半个多月前就开始和同学们紧锣密鼓地筹备了。自己动手，比在家里我们帮他过生日要认真，也要有兴趣得多。他们找到一家小饭馆，物美价廉，环境也不错。那一天生日的时候，他一清早就出去了，准备先到北海划船，然后再去聚餐。那些同学也早就一个电话接一个电话打来，热线联系，为他准备好了生日礼物。热闹的电话铃声伴随着热烈的交谈，生日的气氛早早就弥漫开来。自己动手为自己过第一个生日，儿子跃跃欲试，兴奋异常。

一位同学为了他这个生日，本来全家要到北戴河去避暑疗养，任爸爸妈妈一劝再劝，愣是忍痛割爱，毫不犹豫，留下来陪他。另一位同学和家人在西安度假，电话里得知他的生日，自己提前赶在他生日的那一天回到北京。而又一位同学怎么找也找不到，以为刚放暑假时曾经对她讲过的生日的事她忘记了，便不抱希望。谁知生日的前一天晚上，这位同学打来电话，她是特意从老家赶回来的，刚刚进家门……

这就是孩子！只有孩子才会这样的热情，这样的认真，这样的纯真，将一个普通的生日做了一种友谊、一种承诺、一种象征。如果我是儿子，知道有这么些同学如此对待自己的生日，我也会毫不犹豫地离开家和同学们聚会在一起。当我知道这一切，我不再责备儿子，而是有些羡慕他，甚至隐隐地嫉妒。

家中的父母为他准备的生日再美再好，安徒生的童话再新再奇，难有同学之间这种情谊和氛围。孩子的天地不再像小时候那样只是家这样狭小，而是越来越宽阔。一只鸟，哪怕你把它装进再精美的笼中，备上再充足的雨露和食品，它也难得拥有在树枝间、在树林间的欢乐，那是只有在风中飞动的难以言说的风光，和从叶子间筛下的绿色阳光跳跃的韵律。

生日那天，儿子和他的同学在那家小饭馆里一直热闹到很晚。第一次他的生日，家里缺少了他，一下子显得冷清了许多，让我情不自禁地想起以往儿子生日时家里拥有的美好欢乐的时光。奶奶不在了，儿子长大了，家清静了，我们也就老了。说心里话，我的心里多少有些伤感。孩子，有时候在家里就起着这样举足轻重的作用，他让日子充满生命的气息，他让岁月流淌情感的律动。

夜已深深，灯火阑珊，儿子还没有回来。但我可以想到儿子那里此刻正热闹非凡，聚会正在高潮，点燃着的生日蛋糕上的红红的蜡烛在跳跃着生命的火焰，和那里洋溢着只有青春才会拥有的活力、朝气和欢乐。我知道，这是家里无法给予他的。家里可以给予他无限的温馨、欢快和富有，却难以给予他这些。一片叶子即使在温煦柔和的风中也难奏响悦耳的乐章，只有一棵树上那一片片叶子聚合在一起，才会在风中飒飒细语，诉说着不尽的话题，摇响着一曲他们彼此听得懂的动人的音乐……

那天晚上十一点多的时候，儿子在那家小饭馆里给我打来一个电话，嗡嗡的话筒里，可以听得见清脆的欢笑声，想来儿子他们玩得正开心。儿子告诉我：他们正聊到兴头上，他想今天晚上不回家住了，他要到一个同学家去住，可以接着兴致勃勃地聊个海阔天空。他问我行吗？我该怎样回答？我能说不行吗？我虽然有些不大情愿，有些无可奈何，但最后我还是答应了儿子生日这一天唯一向我提出的要求。

即使我多少有些伤感，但孩子毕竟已经长大了，比我们想象得要飞快地长大。花朵谢去了，果子才冒出来；依赖退去了，孩子成熟了。再美好温暖的家，也只是孩子成长的第一站，孩子总是要像鸟一样离开家飞走的。再完美无缺的家，也不会是孩子翱翔的天空，我知道这时候送给孩子最好的生日礼物，就是送他一副飞翔的翅膀。